中华优秀传统文化是炎黄子孙共同的精神家园

世说新语选译

（珍藏版）

古代文史名著选译丛书

主编　章培恒　安平秋　马樟根

柳士镇　钱南秀　译注
周勋初　审阅

凤凰出版社

图书在版编目（ＣＩＰ）数据

世说新语选译 / 柳士镇，钱南秀译注. -- 南京：
凤凰出版社，2017.1
（古代文史名著选译丛书：珍藏版 / 章培恒，安平
秋，马樟根主编）
ISBN 978-7-5506-2474-0

Ⅰ. ①世… Ⅱ. ①柳… ②钱… Ⅲ. ①笔记小说－中
国－南朝时代②《世说新语》－译文③《世说新语》－注
释 Ⅳ. ①I242.1

中国版本图书馆CIP数据核字(2016)第257401号

书　　　名	世说新语选译
主　　　编	章培恒　安平秋　马樟根
译 注 者	柳士镇　钱南秀
责 任 编 辑	陆　扬
装 帧 设 计	姜　嵩
出 版 发 行	凤凰出版传媒股份有限公司
	凤凰出版社(原江苏古籍出版社)
	发行部电话 025-83223462
出版社地址	南京市中央路165号,邮编:210009
出版社网址	http://www.fhcbs.com
照　　　排	江苏凤凰制版有限公司
印　　　刷	苏州市越洋印刷有限公司
	苏州市吴中区南官渡路20号　邮编:215104
开　　　本	850×1168毫米　1/32
印　　　张	9.125
字　　　数	189千字
版　　　次	2017年1月第1版　2017年1月第1次印刷
标 准 书 号	ISBN 978-7-5506-2474-0
定　　　价	36.00元
	(本书凡印装错误可向承印厂调换,电话:0512-68180638)

目　录

前　言

一

　　魏晋时期，盛行玄学清谈之风，"世之所尚，因有撰集，或者掇拾旧闻，或者记述近事，虽不过丛残小语，而俱为人间言动"（鲁迅《中国小说史略》）。这类撰集，现在基本亡佚了，只有一些片断保存在各种类书和旧注中。幸而有《世说新语》这样一部集大成的著作流传下来，才使我们得以从中了解到魏晋清谈之风的表现以及参与清谈的魏晋名士的风貌。

　　《世说新语》，一般认为原称《世说》，采用了汉代刘向用过的书名。唐以前的材料，包括《隋书·经籍志》《南史·刘义庆传》等均称为《世说》。其后则《世说新书》与《世说新语》并称。前者见于段成式《酉阳杂俎》唐写本《世说新书》残卷等，后者见于刘知几《史通·杂说》。鲁迅也认为此书原名《世说》，后人见它与刘向书同名，"因增字以别之也"（《中国小说史略》）。至于通称为《世说新语》，则不迟于宋代。两宋之交的汪藻作《世说叙录》，其中就曾提到"今以《世说新语》为正"。

　　这部书的作者，《南史》认为是刘义庆（见《刘义庆传》），《隋志》《两唐志》均同此说，其后各种书目也据此著录。刘义庆（403—444）彭城（今江苏徐州）人，南朝宋武帝刘裕的侄子，袭封临川王。他生当晋末宋初，其时正是清谈结束时期，以他所处的时代与地位，编写这样一部集清谈撰著之大成的书籍，是有条件的。然而与刘义庆年代十分接近的沈约，在《宋书》刘义庆本传里却没有提到这件事。鲁迅认为："《宋书》言义庆才词不多，而招聚文学之士，远近必至，则诸书或成于众手，未可知也。"(《中国小说史略》)这一推测是否成立，尚有待于进一步探索。不过，无论这部书是成于众手还是刘义庆个人所作，于它本身的价值都没有多少影响，因为它是集合了那个特殊时代社会思潮的产物，不是某一个作家能够凭空想象出来的。

二

《世说新语》是在选录魏晋诸家史书以及郭澄之《郭子》、裴启《语林》等文人笔记的基础上编写而成的。它收录了由东汉末年至东晋末年共约二百年间的名士言行轶事一千一百三十余条，其中魏晋，特别是东晋时期的内容占主要部分。这部书是分门类编写的，全书三十六门，按内容又可归为四大部分：一是描写魏晋名士的道德修养，包括《德行》《方正》《自新》《贤媛》诸门；二是描写魏晋士人的才能秉赋，包括《言语》《政事》《文学》《捷悟》《夙惠》《术解》《巧艺》诸门；三是描写人物的情感个性，包括《雅量》《豪爽》《伤逝》《任诞》《简傲》《假谲》《俭啬》《汰侈》《忿狷》《谗险》《惑溺》诸门；四是描写人物的日常生活以及人际关系等，包括《识鉴》《赏誉》《品藻》《规箴》《容止》《企羡》《栖逸》《宠礼》《排调》《轻诋》《黜免》《尤悔》《纰漏》《仇隙》诸门。每一门类表现魏晋士人品质或生活的一个方面，各门综合,便勾勒出魏晋一代士人的精神风貌。

《世说新语》各门类的内容,主要也就是魏晋清谈的内容。清谈,由东汉清议发展而来,二者都以人物品鉴为主;不过因为时代的不同,品鉴的标准、方法、目的也相应有所变化。

东汉以察举(地方官吏向中央贡士)和征辟(中央政府向地方征士)的方法选拔官吏,主要依据是宗族乡党对被选人士的鉴定性评语。这便是最初的有意识的人物品鉴,当时称为清议。品鉴的标准主要是儒家道德准则,品鉴方法是根据人物外貌判别人物品格高低的骨相之法。清议一般由大名士主持,出自大名士口中的一句评语,往往能决定士人的一生。如东汉后期的大名士李膺,后进之士如果能受到他的赏识,"皆以为登龙门"(见《德行》)。

东汉帝国崩溃以后,为了适应门阀士族创政时期对人才的急遽需要,曹操于汉献帝建安年间提出"唯才是举"的选举原则,人物品鉴的标准因而由道德变为才能。同时,鉴于骨相之法的荒谬,名士们以玄学的"得意忘言"说来解决人物评鉴的难题,形成"以形求神""得意忘形"的考察方法。 物品鉴便由机械的骨相考察转为对人物神明的认

与此同时,新建立的曹魏政权设立九品中正制,把家 作为选拔官吏的主要依据,人物品鉴的政治意义因而逐 削弱。人物品鉴的目的不再只是为政治统治提供官僚人选,而成为对于理想人格的探索与追求;品鉴的内容也不再限于道德或才能的单一考察,而成为对于人物的道德修养、个性才能、品貌举止的全面评价。由于玄学的发展

导源于对人物品鉴方法的探索①，又因为对人物才能的考察，必须涉及人物擅长的学术技艺，而魏晋士人往往沉溺于哲学研究与文艺创作，这样，东汉士人的人物品鉴活动便演变成魏晋士人的包括哲学（主要是玄学，到东晋又加入了佛学）、美学、文艺学在内的大型学术讨论，换言之，也即由东汉清议演变成魏晋清谈。

至于参加清谈活动的魏晋名士，则是当时门阀士族地主阶级的代表人物。这个阶级的形成，与汉武帝的独尊儒术、以经学取士有关。汉代儒生以经学起家，谋取功名，并世代相传，子继父业。到了东汉中叶，累世公卿的名门望族相继出现，他们是汉代最高文化的代表，政治上又拥有察举官吏的大权，同时在东汉日益严重的土地兼并中建立起自己独立的庄园经济。当东汉帝国崩溃，腐朽的宦官、贵戚两大集团在火并中同归于尽之时，门阀士族地主阶级乘机而起，在帝国的废墟上建立起新的士族地主政权。这个政权的基础是门阀制度（九品中正制便是为巩固这一制度而设立的），它保障了门阀士族的世袭特权，但同时也导致了世家大族之间激烈的皇权争夺，造成魏晋南北朝四百余年分裂动乱的局面。

作为这个阶级的代表人物，魏晋名士开始时是较有生气的，他们有才干，有抱负，幻想着"建永世之业，留金石之功"（曹植《与杨德祖书》）。然而，面对激烈的皇权争夺，大多数人不得不选择全身远祸的生活道路，把他们的热情与才智转入哲学的沉思与文学艺术的创造；少数人则积极参与了篡权夺位的政治活动。这样，在士族分子内部产生了

① 参阅汤用彤《魏晋玄学论稿》，人民出版社，1957年版。

分化。针对后者的虚伪残忍、贪鄙无耻,前者提出人格上的自然真率来进行对抗,他们以此为原则指导着自己生活的各个方面,从而形成一种十分特殊的文人风貌,这就是广为后人传颂并仿效的魏晋风度。《世说新语》所描写的,正是这样一群人物;所表现的,正是他们这种特殊的风度。

三

《世说新语》以描写人物为主,它在艺术上的突出贡献,也正表现在人物形象的塑造上。

魏晋识鉴重视神明,魏晋士人以"得意忘言"说来解决人物识鉴的难题,形成了"以形求神""得意(神)忘形"的考察方法。因此,《世说新语》作为魏晋玄学清谈、人物品鉴之风的产物,它在塑造人物形象的过程中,也必然要受到"重神"风气的影响。如王戎评论王衍说,"太尉神姿高彻,如瑶林琼树,自然是风尘外物"(见《赏誉》),重视的是人物的精神。又如"顾长康画人,或数年不点目精。人问其故,顾曰:'四体妍蚩,本无关于妙处,传神写照,正在阿堵中。'"(见《巧艺》)孟子时代已认为眼睛足以传神,是可以表现人的襟怀、气质的,塑造"传神之形",目精起着极为重要的作用。

《世说新语》的作者在用人物语言来塑造人物形象方面,进行了多方面的努力,以使人物语言能展现其内心世界。首先,作者努力做到语言形式的口语化,直接以当时的流行口语入书。这对于长期以来口语即与书面语异趋的中国语言文学来说,不啻为一意义重大的变革。由此形成的新的书面语形式的一个重要特点,就是大量使用了便于表达情态的词语,例如:俱、有、欲、尚、都、故、本、自、正、固,等等。这在一定程度上是当时口语的实录,保留了口语丰富的感情和语气,使读者较为直接地感受到人物的情感个性。

其次,作者努力做到语言内容的个性化,在描写人物语言时,往往选取最能表现人物内心的"单辞只行"。如权臣桓温问殷浩:"卿何如我?"殷浩的一句回答"我与我周旋久,宁作我"(《品藻》),道尽了他自尊自傲的个性,以及他面对强手不甘示弱却又不便过于激怒对方的复杂心情。名士刘惔与王濛别后相见,王曰:"卿更长进。"刘答:"此若天之自高耳。"(《言语》)寥寥数语,写出了刘惔自负达于狂妄的个性以及他面对好友嬉谑无忌的神情。再如桓温那一声感叹:"既不能流芳后世,亦不足复遗臭万载邪!"(《尤悔》)活脱地画出了野心家无可奈何却又不甘罢休的神情,揭示出他强烈骚动、寂寞难耐的内心。这类强烈个性化的语言,大都不过十余字的篇幅,却具有相当丰富的容量。它们可算得是人物语言中"最富于孕育性"的"那一顷刻"(莱辛《拉奥孔》),每一顷刻揭示出一个灵魂,无数个这样的顷刻,便勾勒出魏晋一代名士的精神世界。

《世说新语》的语言在总体上还显示了简约玄淡的特点,这无疑是受到了老庄哲学的影响。魏晋时期,玄风大盛,名士清谈往往包含着甚多的"机锋",特别讲究含蓄而不外露,隽永而不浅俗,作者在实录人物的对话,甚至在叙述人物的行动时,都处处注意体现出人物的"面目气韵,恍然生动"(胡应麟《少室山房笔丛》),令人感到超俗深远,回味无穷。这在《言语》《赏誉》《品藻》《排调》等门类中有很典型的表现,读者可以自己去体会。

除了人物语言,《世说新语》中还有大量的人物动态描写。首先,同语言描写一样,作者十分注意通过个性化的人物动态的描写来揭示人物的内心。如嵇康临刑奏琴,表现了人物的傲对浊世;阮籍丧母食肉,表现了人物的鄙视礼法;郝隆七夕晒书,表现了人物的嘲弄富贵;王戎卖李钻核、祖约倾身障财,勾勒出人物的贪鄙嘴脸。再如顾雍得子凶信,外表神气不变,而"以爪掐掌,血流沾褥",表现了人物悲不自抑却又强自作达的心理(《雅量》);王述食鸡子不得,乃至以屐齿辗,"又不得,嗔甚,复于地取内口中,啮破,即吐之"(《忿狷》),表现了人物褊狭急躁的性格。

同时,作者在人物动态的描写中还处处注意到人物与隐蔽的相关者的联系,如《文学》门载:

> 钟会撰《四本论》始毕,甚欲使嵇公一见。置怀中,既诣,畏其难,怀不敢出,于户外遥掷,便回急走。

作者选取一套连续动作,仅二三十字,便勾画出钟会跃跃欲试而又犹豫不决的神态,揭示出他那又卑又怯、又想卖弄的心理。更妙的是,嵇康虽未露面,我们却可以从中感到他的存在,想见他那高傲睿智、从容自若的雄辩家的英姿神态。东晋画家顾恺之说:"凡生人亡有手揖眼视而前亡所对者,以形写神而空其实对,荃生之用乖,传神之趋失矣"(张彦远《历代名画记》卷五)。作者正是处处照应了钟会面前的"实对",才使钟会的动态成了传神之形。

相对于人物动态来说,对于人物一肌一容的静态描绘,较难起到揭示人物内心的作用,所以《世说新语》极少这方面的描写。

书中少量对人物服饰的描述,也是作者力求表现人物内心所作的精心安排，并非可有可无的闲笔。如《简傲》门载，王献之兄弟在权臣郗超生前，对超父"甚修外生礼"，见面时"蹑履问讯"；郗超一死，便换了副嘴脸，"皆箸高屐，仪容轻慢"。这里虽只写了人物的一双脚，但一"蹑履"，一"箸高屐"，王氏兄弟前恭后倨的势利嘴脸便跃然纸上。

除了通过"人间言动"来刻画人物形象外，借用自然景物的可见形质来比附人物的内心情性，使抽象的难以用言语把握的人物内心情性外化为传神之形，是《世说新语》作者塑造人物形象的又一重要手段。《容止》门中有很多这样的描写，如："嵇叔夜之为人也，岩岩若孤松之独立；其醉也，傀俄若玉山之将崩。""时人目夏侯太初，朗朗如日月之入怀。""王安丰眼烂烂如岩下电。""嵇延祖卓卓如野鹤之在鸡群。""诸公每朝，朝堂犹暗，唯会稽王来，轩轩如朝霞举。""有人叹王恭形茂者，云：'濯濯如春月柳。'"作者广泛采用这类比附手法，把人物不可捉摸的风姿神貌展现在读者眼前。

善于把琐屑的"人间言动"点化为传神之形，"把每一个形象的看得见的外表上的每一点都化为眼睛或灵魂的住所，使它把心灵显现出来"（黑格尔《美学》第一卷），这就是《世说新语》的独特艺术价值。

四

《世说新语》的影响是十分广泛的，这主要表现在三个方面。

一是后世文人对于《世说新语》所呈现出的魏晋风度的推崇与仿效，这从隋唐以来的文人作品中可以看得很清楚。如李白《襄阳歌》"清风朗月不用一钱买，玉山自倒无人推"(得自《言语》《容止》);《玉壶吟》"烈士击玉壶,壮心惜暮年"(得自《豪爽》);苏轼《送刘敞倅海陵》"君不见阮嗣宗,臧否不挂口,莫夸舌在牙齿牢,是中惟可饮醇酒"(得自《德行》);《于潜僧绿筠轩》"可使食无肉,不可居无竹。无肉令人瘦,无竹令人俗"(得自《任诞》);《宝山昼睡》"七尺顽躯走世尘,十围便腹贮天真。此中空洞浑无物,何止容君数百人"(得自《排调》);辛弃疾《贺新郎》"此会不知公荣者,莫呼来,政尔妨人乐"(得自《任诞》);"翁比渠侬人谁好,是我常与我周旋久,宁作我,一杯酒"(得自《品藻》)。在这类作品中,作者们写的是自己的思想感情,但那生活态度,那思路,甚至语言,则显然受到《世说新语》很大的影响。

二是《世说新语》中许多故事至今仍有着旺盛的生命力。它们有的演化为后人习用的成语,如身无长物、吴牛喘月、谢家玉树、皮里阳秋、鹤立鸡群、漱石枕流等,分别由《德行》《言语》《赏誉》《容止》《排调》中有关故事化出;有的成为后人常用的典故,如李清照佚诗"南渡衣冠少王导,北来消息欠刘琨"(得自《言语》);辛弃疾《水龙吟》"休说鲈鱼堪脍,尽西风,季鹰归未? ……可惜流年,忧愁风雨,树犹如此。倩何人,唤取红巾翠袖,揾英雄泪?"(得自《识鉴》《言语》)有的成为后世小说、戏曲的素材,如《三国演义》有关曹操、杨修的部分,很多直接采用了《世说新语》的记述。明人传奇中的《玉镜台记》与《怀香记》,也取材于《世说新语》,前者敷演东晋初年名臣温峤以玉镜台为聘,巧娶从姑之女的佳话(参阅《假谲》);后者描写西晋青年男女韩寿、贾午私相授受,终结良缘的故事(参阅《惑溺》)。《世说新语》以其生动丰富的内涵,为后世文学创作提供了营养,在历代文坛上发生着很大的影响。

《世说新语》的影响，还表现在历代仿作续作之多上。较著名者，如唐代刘肃《大唐新语》，记载初唐到中唐的轶闻旧事，分为三十门；宋代孔平仲《续世说》，取南朝及隋唐五代的事迹，按《世说新语》的门目分类编排；宋代王谠《唐语林》，分门记唐代名人言行轶事，除按《世说新语》原有门目外，又新增《嗜好》等十七门类；明代何良俊《何氏语林》，以《世说新语》为蓝本，取材由南朝起直到明代，合并原书，共得二千七百余条。不过，诚如清人程稔所说："后世说部之书数十百种，总不能出其范围"（清康熙甲戌本《世说新语》序）。这与《世说新语》赖以产生的时代风尚及社会思潮密切相关；一旦脱离了这种环境，后世再高明的仿作续作者，也无法超越原书固有的成就。

这样一部影响广泛的作品，当然引起了后世学者的关注。《世说新语》成书后约五十年，就有齐代敬胤的《纠缪》及《注》问世。稍后又有梁代刘孝标为之作注。刘孝标《注》不仅是所有注本中最重要的一部，而且与裴松之《三国志注》、郦道元《水经注》并列，成为中国古籍中最负盛名的注本之一。它引用材料广泛，注释严谨详审，对原作中与史实不符之处，也一一作了考订。尤其可贵的是，刘孝标《注》引书四百余种，其中绝大多数今已亡佚。而刘《注》的存世，便为研究者提供了相当宝贵的材料。

此外，《世说新语》也受到海外学者的注意。如日本学者对它就十分推重，且有多方面的研究成果；美国马瑞志教授（Richard B. Mather）于1976年将此书连同刘孝标《注》一并译成英语（同时还加上了自己的注释），《世说新语》的影响，因此又波及到英语国家。

人们重视《世说新语》，不仅因为它独特的艺术价值，还在于它的正文与刘孝标注文所包含的珍贵的学术价值。由于它是集合了那一时代社会风尚与社会思潮的产物，我们研究魏晋历史、政治、经济、哲学、宗教、美学、文学、语言、艺术时，都可以从中找到重要的依据，获得有益的启迪。我们现在选译了《世说新语》本文二百三十余条，目的是把这部重要的古籍介绍给初涉古典文学领域的朋友们，以图引起朋友们进一步阅读、研究全书的兴趣。

本书所录原文以袁聚嘉趣堂本为依据，间以日本尊经阁影宋本、王先谦思贤讲舍校订本、唐写本《世说新书》残卷、《太平御览》引《世说》等对原文作了必要的校订。为便于读者阅读，对原文中的异体字、古今字、通假字也作了相应的处理；注释时仅对人名、地名、职官名以及疑难特殊词语或译文较难表达词义的词语作注，其余一概从略。今译以直译为基础，同时结合意译，个别译文不易体现细微含义之处，则在注释中作简要说明。注译时参考了刘盼遂《世说新语校笺》、余嘉锡《世说新语笺疏》、徐震堮《世说新语校笺》、杨勇《世说新语校笺》以及日本恩田仲任辑《世说音释》等著作，校勘时也吸收了他们的研究成果。此外，《世说》各门本按条记录，无小标题，在注译的过程中，考虑到检索、称引的方便，利于读者，我们给各门每条分别加拟了小标题。非妄改古贤，更非标榜自新，故此说明。

今译是艰巨而复杂的。限于水平，本书错误疏漏自当不少，谨祈专家读者不吝指正。

柳士镇（南京大学中文系）

钱南秀

一、德　行

　　《世说新语》共分三十六门类，前四门依次为《德行》《言语》《政事》《文学》，正与《论语·先进》提出的孔门四科相合。这种分门类的编写体例及前四门的安排，很可能受了汉代刘向《世说》的影响①，有尊崇儒家的意思。但《世说新语》在内容上却打上了时代的烙印，不受前此汉代儒学牢笼的限制。

　　《德行》门的内容，有对传统儒家道德如忠义、孝道、清廉、仁爱等等的赞颂，例如荀巨伯宁死不弃友，邓攸弃己子保全弟之子，管宁视片金与瓦石不异等。但也有相当数量的文字，则是那一时代的特有产物。如李膺的"欲以天下名教是非为己任"，而"后进之士有升其堂者，皆以为登龙门"，反映了汉末特有的清议之风以及这一风气在士人中产生的影响。阮籍的"至慎"，是魏晋士人在激烈的皇权争夺中不得已而采取的全身远祸的方式，作者置之于《德行》门，显然也有同样的感受。再如王献之临终，不顾自己皇家女婿的身份，公然追念被迫离异的前妻，而作者也视此为美德，这种有违儒家礼教的行为，则应看作是魏晋时期个性情感解放的表现。

必须指出的是，儒家礼教以忠孝为本，然而《德行》中有关忠君事迹的记载极少，这是什么原因呢？鲁迅指出："（魏晋）为什么要以孝治天下呢？因为天位从禅让，即巧取豪夺而来，若主张以忠治天下，他们的立足点便不稳，办事便棘手，立论也难了。"（《魏晋风度及文章与药及酒之关系》）篡权夺位者往往借提倡孝道来标榜自己，镇压别派士族的反抗，汉末魏晋的许多大名士，如孔融、嵇康、吕安等都死于"不孝"的罪名，《世说新语》对此均有记述。至于作者自己，虽然在《德行》门中记述了不少孝行，但他对统治者提倡孝道的虚伪态度，显然是有微词的，读者可以从阅读中体会到这一点。

陈仲举为豫章

陈仲举言为士则[②]，行为世范，登车揽辔[③]，有澄清天下之志。为豫章太守[④]，至，便问徐孺子所在[⑤]，欲先看之。主簿白[⑥]："群情欲府君先入廨。"[⑦]陈曰："武王式商容之闾[⑧]，席不暇暖。吾之礼贤，有何不可！"

【注释】

① 参阅刘兆云《世说探原》，载《新疆大学学报（社科

版)》1979年第一、二期。② 陈仲举：东汉汝南平舆（今属河南）人，名蕃，字仲举，曾任太傅。③ 揽辔（pèi）：拿过缰绳。古代受任的官员通常乘车赴职，登车揽辔表示初到职任。④ 豫章：郡名，治所在今江西南昌。太守：郡长官，负责一郡行政事务。⑤ 徐孺子：东汉豫章南昌（今属江西）人，名稚，字孺子。陈蕃在豫章时，不接待宾客，只为徐稚特设一榻，徐坐过走后，就挂起不用。⑥ 主簿：中央机构及地方官府的属官，掌管文书簿籍。魏晋以后，为将帅重臣的幕僚长，地位甚重。⑦ 府君：对太守的尊称。⑧ 式：通"轼"，车厢前部扶手的横木。这里表示扶着轼。古人乘车，俯身扶轼表示敬意。商容：殷代贤人，因直谏被纣王废黜。

【翻译】

陈仲举的言谈是读书人的榜样，行为是世间的规范，刚开始做官，便有刷新政治的抱负。做豫章太守时，一到任，便打听徐孺子的住处，想先去拜访他。主簿禀告说："众人的意思是希望您先去官署。"陈仲举说："周武王得到天下后，垫席尚未坐暖，就先去商容居住过的里巷表示敬意。我礼敬贤人，有什么不可以的呢！"

李元礼高自标持

李元礼风格秀整①，高自标持②，欲以天下名教是非为己任③。后进之士有升其堂者，皆以为登龙门④。

【注释】

① 李元礼：东汉颍川襄城（今属河南）人，名膺，字元礼，曾任司隶校尉。② 标持：自尊自信，自视甚高。③ 名教：指儒家以正名定分为中心的封建礼教。是非：辨别正误，褒贬得失。④ 龙门：黄河水道，在今山西河津西北和陕西韩城东北之间。黄河至此，两岸峭壁对峙，形如阙门。登龙门：据《太平广记》卷四百六十六引《三秦记》说，龙门之下，每年三月有黄鲤鱼汇集，能跃上龙门的不过七十二条，均化而为龙。后来以"登龙门"比喻得到有名望者的接待和援引而增长声誉。

【翻译】

李元礼风度秀美严整，为人自尊自信，要把按名教标准来品评天下的得失是非作为自己的责任。后辈士人能够受到他接待的，都认为是登上了"龙门"。

难兄难弟

陈元方子长文①，有英才，与季方子孝先②，各论其父功德，争之不能决，咨于太丘③。太丘曰："元方难为兄，季方难为弟。"④

【注释】

① 陈元方：东汉颍川许昌（今河南许昌东）人，名纪，

字元方，陈寔之子。长文：名群，字长文，陈纪之子。曾任司空，录尚书事。② 季方：名谌，字季方，陈纪之弟。孝先：名忠，字孝先，陈谌之子。③ 太丘：县名，治所在今河南永城西北。这里指陈寔。寔：字仲弓，曾任太丘长，世称"陈太丘"。④ 难为兄、难为弟：意思是兄弟均有才识，很难分出高下。

【翻译】

陈元方的儿子长文，有卓越的才能，同陈季方的儿子孝先，各自夸耀自己父亲的功业德行，争议相持不下，无法决断，去询问爷爷陈太丘。太丘说："论学识品行，元方季方各有所长，互为兄长，难以分出高下优劣啊。"

荀巨伯看友人疾

荀巨伯远看友人疾①，值胡贼攻郡②，友人语巨伯曰："吾今死矣，子可去！"③巨伯曰："远来相视，子令吾去，败义以求生，岂荀巨伯所行邪！"贼既至，谓巨伯曰："大军至，一郡尽空，汝何男子④，而敢独止？"巨伯曰："友人有疾，不忍委之，宁以我身代友人命。"贼相谓曰："我辈无义之人，而入有义之国。"遂班军而还，一郡并获全。

【注释】

① 荀巨伯：东汉桓帝时颍川（治所在今河南禹县）人，

生平不详。② 胡：古代对北方和西方各民族的泛称，东汉时常指匈奴、乌桓、鲜卑等。贼：对敌人的蔑称。③ 子：对人的尊称。④ 汝：你。先秦两汉时期略带轻贱、狎暱意味。

【翻译】

荀巨伯远道去探望患疾病的朋友，正好遇上外族敌寇攻打郡城，朋友对巨伯说："我马上就要死了，您还是离开吧！"巨伯说："我远道来看望您，您却要我离开，败坏道义以求生，难道是我荀巨伯干的事吗！"敌寇进城之后，对巨伯说："大军已到，整个郡城的人都跑光了，你是什么人，竟敢一个人留下来？"巨伯说："朋友有病，不忍心丢下他，情愿用我自身来代替朋友的性命。"敌寇相互议论说："我们这些不讲道义的人，却侵入到这有道义的国度。"于是撤军而回，整个郡城因此都得到保全。

割 席 分 坐

管宁、华歆共园中锄菜①，见地有片金，管挥锄与瓦石不异，华捉而掷去之。又尝同席读书，有乘轩冕过门者②，宁读如故，歆废书出看。宁割席分坐③，曰："子非吾友也。"

【注释】

① 管宁：三国北海朱虚（今山东临朐东南）人，字幼安。曾避居辽东三十多年，不愿做官。华歆（xīn）：三国平

原高唐(今山东禹城西南)人,字子鱼。汉末曾任豫章太守、尚书令,入魏后任司徒。② 轩:官员乘坐的车子。冕:官员的礼帽。这里"轩冕"连用,是复词偏义,偏指"轩","冕"字无义。③ 坐:同"座"。

【翻译】

　　管宁和华歆一道在园中锄菜,看见地上有一块金子,管宁依旧挥动锄头,如同见到的是瓦石一样,华歆则捡起金子而后扔掉它。他们又曾经同坐在一张垫席上读书,有乘坐官车的显赫人物由门外经过,管宁读书依旧,华歆则丢开书本出去观看。管宁便割断垫席,分开座位,对华歆说:"您不是我志趣相投的朋友。"

华、王优劣

　　华歆、王朗俱乘船避难①,有一人欲依附,歆辄难之③。 朗曰:"幸尚宽,何为不可? "后贼追至,王欲舍所携人。 歆曰:"本所以疑,正为此耳。 既已纳其自托,宁可以急相弃邪? "遂携拯如初。 世以此定华、王之优劣。

【注释】

　　① 王朗:三国东海郯(tán,今山东郯城北)人,字景兴,入魏后任司空。② 难:为难。

【翻译】

华歆和王朗一道乘船逃难，有一人想要搭船，华歆马上便回绝了他。王朗说："幸好船还宽敞，为什么不能让他搭乘呢？"后来强盗赶上来了，王朗想要丢下随带的那个人。华歆说："我起先之所以犹豫，正是估计到了这种情况。既然已经接受了他的请求，怎么可以因为情况急迫就把他扔下呢？"于是依旧像开始那样携带救助他。社会上便根据这件事来评定华歆、王朗的高下。

阮嗣宗至慎

晋文王称阮嗣宗至慎①，每与之言，言皆玄远，未尝臧否人物②。

【注释】

① 晋文王：即司马昭，三国河内温县（今河南温县西）人，字子上，司马懿次子。曾任魏大将军，专国政，死后谥为文王。其子司马炎称帝，追尊为文帝。阮嗣宗：三国魏陈留尉氏（今属河南）人，名籍，字嗣宗。曾任步兵校尉，世称"阮步兵"；与嵇康齐名，是"竹林七贤"之一。蔑视礼教，与当权的司马氏集团有矛盾，常用醉酒的方式来保全自己。② 臧否（zāng pǐ）：褒贬，评论。

【翻译】

晋文王称赞阮嗣宗为人极谨慎，每次同他谈论，说的话都高妙脱俗,从不评论当时人物的优劣。

邓攸避难

邓攸始避难①,于道中弃己子,全弟子。 既过江,取一妾②,甚宠爱。 历年后,讯其所由,妾具说是北人遭乱,忆父母姓名,乃攸之甥也。 攸素有德业,言行无玷,闻之哀恨终身,遂不复畜妾。

【注释】

① 邓攸:晋平阳襄陵(今山西襄汾)人,字伯道,官至尚书右仆射。难:指永嘉之乱。晋怀帝永嘉年间(307—313),匈奴贵族刘渊建汉国,攻破洛阳,俘怀帝,杀王公士民三万余人,史称"永嘉之乱"。② 取:同"娶"。

【翻译】

邓攸当初逃难时,在半路上丢弃自己的儿子,而保住了弟弟的儿子。 逃过长江之后,娶了一妾,非常喜爱她。 过了一些年,问她的经历,妾详细说起自己是北方人,遭遇世乱才来到南方,回忆起父母的姓名,竟然是邓攸的外甥女。 邓攸在德行功业上一向有好名声,言行没有任何污点,听后一辈子悲伤悔恨,于是不再娶妾。

庾公乘马有的卢

庾公乘马有的卢①，或语令卖去。庾云：“卖之必有买者，即复害其主，宁可不安己而移于他人哉？昔孙叔敖杀两头蛇以为后人②，古之美谈，效之，不亦达乎？”

【注释】

① 公：古代对人的尊称。庾公：即庾亮，东晋颍川鄢陵（今河南鄢陵西北）人，字元规。官至征西大将军、荆州刺史，死后追赠太尉，谥为文康。的卢：也写作“的颅”，一种额部有白色斑点的马。传说骑它的人会遭遇不幸。
② 孙叔敖：春秋楚国期思（今河南淮滨东南）人，姓孙叔，名敖，曾辅佐楚庄王称霸诸侯。

【翻译】

庾公的坐骑中有一匹的卢马，有人告诉了庾公并要他把马卖掉。庾公说：“卖掉它，必定有买它的人，那就又要危害它的新主人，怎么能够因为不利于自己而把祸患加给别人呢？过去孙叔敖杀死双头蛇并把它埋掉，为的是怕后人见到它而遭到灾难，这件事成了古代的美谈，我仿效他，不是很通达的吗？”

阮光禄焚车

阮光禄在剡①，曾有好车，借者无不皆给②。有人葬母，意欲借而不敢言。阮后闻之，叹曰："吾有车而使人不敢借，何以车为？"③遂焚之。

【注释】

① 光禄：指金紫光禄大夫。掌议论之官。加金印紫绶。阮光禄：即阮裕，晋陈留尉氏（今属河南）人，字思旷。曾任王敦主簿，官至侍中，被征召为金紫光禄大夫，未就职。剡（shàn）：县名，治所在今浙江嵊（shèng）州。② 给（jǐ）：供，供应。③ 为：句末语气词，表示反问。

【翻译】

阮光禄在剡县时，曾有过一辆很好的车子，无论谁来向他借，没有不答应的。有个人要安葬母亲，心里想借车却不敢去说。阮光禄后来听说这事，感慨地说："我有车子，却让人家不敢来借，还要这车子做什么呢？"于是把车子烧掉了。

王子敬首过

王子敬病笃①，道家上章应首过②，问子敬由来有何异同得失③。子敬云："不觉有馀事，唯忆与郗家离婚。"④

【注释】

① 王子敬：东晋琅邪临沂（今属山东）人，名献之，字

子敬，王羲之第七子，曾任建威将军、吴兴太守、中书令。② 道家：这里指五斗米道。上章：道士上表求神。③ 异同得失：过失。这里"异同得失"连用，是偏义复词，偏指"得失"，"异同"无义；在"得失"中，又偏指"失"，"得"字无义。④ 与郗家离婚：王献之曾娶郗昙之女郗道茂为妻，后离婚。

【翻译】

王子敬病重，按道教教规，在祈祷消灾时要病人自己说出所犯的错误，于是便问子敬历来有过什么过失。子敬说："没感到有其他什么错事，只想到同郗家离了婚。"

贫者士之常

殷仲堪既为荆州①，值水俭，食常五碗，盘外无馀肴②。饭粒脱落盘席间，辄拾以啖之。虽欲率物，亦缘其性真素。每语子弟云："勿以我受任方州③，云我豁平昔时意。今吾处之不易。贫者士之常，焉得登枝而捐其本！尔曹其存之！"④

【注释】

① 殷仲堪：东晋陈郡（治所在今河南淮阳）人，曾任都督荆益宁三州军事、荆州刺史。荆州：州名，治所在今湖北荆州。② 盘：放置碗筷饭菜的托盘。吃饭时，碗置于盘中，盘放在座席上。③ 方州：大州。④ 尔：魏晋期间，这是一个

逐渐转为表示亲密关系的第二人称代词,常用于长辈对晚
辈的称呼。

【翻译】

　　殷仲堪担任荆州刺史后,正好遇上水灾,日常只吃五
碗菜,此外没有其他菜肴。有时饭粒散落到盘席上,总要
捡起来吃掉。这样做固然是想为人表率,但也是由于他本
性纯朴。他还常对子弟们说:"不要因为我担任了大州的
官长,就认为我丢掉了平素的志向。如今我的抱负没有改
变。安于清贫,是读书人的本分,怎能登上高枝就抛弃了
根本呢! 你们要记住这些话!"

身 无 长 物

　　王恭从会稽还^①,王大看之^②。 见其坐六尺簟^③,
因语恭:"卿东来^④,故应有此物^⑤,可以一领及我。"
恭无言。 大去后,即举所坐者送之。 既无馀席,便坐荐
上。 后大闻之,甚惊,曰:"吾本谓卿多,故求耳。"
对曰:"丈人不悉恭^⑥,恭作人无长物。"

【注释】

　　① 王恭:东晋太原晋阳(今山西太原西南)人,字孝
伯,曾任青、兖二州刺史。会(kuài)稽:郡名,治所在今浙
江绍兴。还:指回到东晋都城建康(今江苏南京)。② 王
大:即王忱,字元达,小字佛大,王恭族叔,曾任建武将军、

荆州刺史。③ 坐:同"座"。簟(diàn):竹席。④ 卿:相当于"你"。常用来称呼辈分低于自己或平辈之间亲昵而不计较礼节的人,无交情的人不可称卿。东:东晋时把会稽、吴郡(治所在今江苏苏州)称为东。⑤ 故:加强语气的虚词,有"当然"、"确实"的意思。⑥ 丈人:对长者的尊称。

【翻译】

王恭从会稽回来,王大去看望他。见到座上有六尺长的竹席,便对王恭说:"你从东边来,本当有这种东西,可以拿一条送给我。"王恭没有答话。王大走后,王恭立刻把自己坐的那条竹席送了过去。王恭自己已经没有其他竹席了,就坐在草垫上。后来王大听说这件事,很吃惊,对王恭说:"我本来认为你有很多,所以才向你索取的。"王恭回答说:"您老人家不了解我,我做人从来不备多余的东西。"

焦饭遗母

吴郡陈遗①,家至孝。母好食铛底焦饭,遗作郡主簿,恒装一囊,每煮食,辄贮录焦饭,归以遗母。后值孙恩贼出吴郡②,袁府君即日便征③,遗已敛得数斗焦饭,未展归家,遂带以从军。战于沪渎④,败,军人溃散,逃走山泽,皆多饥死,遗独以焦饭得活。时人以为纯孝之报也。

【注释】

① 陈遗:东晋吴郡(治所在今江苏苏州)人,生平不

详。② 孙恩:东晋琅邪(治所在今山东临沂北)人,字灵秀,曾率军起义攻破郡县,兵败后投海自杀。③ 袁府君:即袁山松,东晋吴郡人,曾任秘书监、吴国内史、吴郡太守。④ 沪渎:古称吴淞江下游近海处一段为沪渎,相当于今上海西旧青浦镇一带古吴淞江。

【翻译】

　　吴郡人陈遗,在家十分孝顺。他母亲喜欢吃锅底的锅巴,陈遗任郡主簿时,总是带着一只口袋,每次烧饭时,都要把锅巴收藏起来,回家后送给母亲。后来正好遇上孙恩叛军流窜吴郡,袁太守当即率军征讨,这时陈遗已经积聚了几斗锅巴,来不及送回家,便带在身边跟随部队出征。双方在沪渎交战,官军失利,部队溃散,逃到山泽之中,很多人都饿死了,陈遗却凭借这些锅巴活了下来。当时的人认为这是他深厚孝行获得的善报。

二、言语

　　《世说新语》的语言，历来为人称道，所谓
"简约玄淡，尔雅有韵"（袁褧《序》）；所谓"巧不
伤慧，简胜于繁"（程繟《序》）。这种语言风格的
形成，与魏晋清谈密切相关。清谈围绕着思辩
性很强的老庄哲学进行，精微的辩难，影响所
及，使他们的日常对话也充满哲理与机趣。而
语言的内涵越丰富，语言本身就越显得简约。
《世说新语》既保留了这样的语言内容，又注意
以口语入书，保留了生活中丰富的情感语气，从
而形成自己独特的语言风格。这在《言语》门中
表现得最为突出。《言语》以记录魏晋士人日常
生活中的对话为主，反映的生活面很广，内涵十
分丰富。很多对话，或包含巧妙的论辩方法，或
蕴藏深奥的哲理，或表明当时名士的人生态度，
值得仔细玩味。一些名言则鲜明地表现出人物
的个性。如王导所说的"当共戮力王室，克复神
州，何至作楚囚相对"，是针对东渡士大夫对泣
新亭而发，与其说是激励士大夫抗敌复国，不如

说是为了稳定政局，安定人心，王导善抚大局的宰相风度也就跃然纸上。

魏晋士人喜用自然物的可见形质来说明深奥的道理。如谢安叹息："子弟亦何预人事，而正欲使其佳？"谢玄回答："譬如芝兰玉树，欲使其生于阶庭耳。"自然美通过比喻进入了语言，使之更加生动优美，这也是《世说新语》语言"尔雅有韵"的原因之一。

眼 中 瞳 子

徐孺子年九岁，尝月下戏，人语之曰："若令月中无物，当极明邪？"徐曰："不然，譬如人眼中有瞳子，无此必不明。"

【翻译】

徐孺子九岁时，有一次在月光下玩耍，有人对他说："如果月亮中没有那些黑的东西，该会十分明亮吧？"徐孺子说："不是这样的，就好比人的眼睛中有瞳人，没有它，眼睛就不会明亮。"

小 时 了 了

孔文举年十岁①，随父到洛②。时李元礼有盛名，为司隶校尉③，诣门者皆俊才清称及中表亲戚乃通④。文举至门，谓吏曰："我是李府君亲。"⑤既通，前坐。元礼问曰："君与仆有何亲？"⑥对曰："昔先君仲尼与君先人伯阳有师资之尊⑦，是仆与君奕世为通好也。"元礼及宾客莫不奇之。太中大夫陈韪后至⑧，人以其语语之。韪曰："小时了了，大未必佳。"文举曰："想君小时，必当了了。"韪大踧踖。

【注释】

① 孔文举：汉末鲁国（治所在今山东曲阜）人，名融，字文举，孔子二十世孙。曾任北海相、少府、太中大夫，因触怒曹操被杀。② 洛：指东汉京都洛阳，故城在河南洛阳东洛水北岸。也是西晋的京都。③ 司隶校尉：官名，主管督察京师百官（太尉、司徒、司空除外）及所辖附近各郡。④ 中表：古代称父亲姐妹的儿女为外表，母亲兄弟姐妹的儿女为内表，合称中表。⑤ 府君：李膺曾任渔阳太守，所以称"府君"。⑥ 君：对对话人的尊称，但在魏晋期间尊敬的意味已不及秦汉强。仆：对自己的谦称。⑦ 仲尼：孔子的字。伯阳：即老子，姓李，名耳，字伯阳。师资之尊：指礼敬对方为师的敬意。相传孔子曾经问礼于老子。⑧ 太中大夫：官名，主管议论政事。陈韪（wěi）：《后汉书·孔融传》作"陈炜"，生平不详。

【翻译】

孔文举十岁时，跟随父亲到了洛阳。当时李元礼有很高的名望，担任司隶校尉，登门拜访的人都要才智超群、有清高的名声或是中表亲戚,守门人才肯通报。孔文举来到门前,对守门人说:"我是李府君的亲戚。"通报之后,进去入座。李元礼问道:"您同我是什么亲戚啊?"回答说:"从前我的祖先孔仲尼同您的祖先李伯阳曾经有过师友之谊,这就是说,我们两家世世代代是有友好往来的。"李元礼和宾客们听后无不感到惊奇。太中大夫陈韪后来也到了,有人把孔文举的话告诉了他。陈韪说:"小时候聪明伶俐的人,长大后未必也很好。"孔文举说:"想来您小的时候,一定是聪明伶俐的了。"陈韪大为狼狈。

覆巢无完卵

孔融被收①,中外惶怖。时融儿大者九岁,小者八岁,二儿故琢钉戏②,了无遽容③。融谓使者曰:"冀罪止于身,二儿可得全不?"④儿徐进曰⑤:"大人岂见覆巢之下⑥,复有完卵乎?"寻亦收至。

【注释】

①孔融:见 P18 注①。②琢钉戏:一种儿童游戏,以掷钉琢地决胜负。③了:全,全然。④不:通"否"。⑤进:进言,指对尊长者讲话。⑥大人:对长辈的尊称。

【翻译】

孔融被拘捕时,全家里里外外的人都很恐慌。当时孔融的儿子大的只有九岁,小的只有八岁,两人依旧在做琢钉的游戏，没有一点儿惊惧的容色。孔融对派来的人说："希望罪过只加在我本人身上，两个孩子不知能否保全性命？"孩子们从容地对父亲说："您难道见过捣翻了的鸟窝中，还有完整的鸟蛋吗？"不久，也被拘捕了。

二 钟答文帝问

　　钟毓、钟会少有令誉①，年十三，魏文帝闻之②，语其父钟繇曰③："可令二子来。"于是敕见。毓面有汗，帝曰："卿面何以汗？"④毓对曰："战战惶惶，汗出如浆。"⑤复问会："卿何以不汗？"对曰："战战栗栗，汗不敢出。"

【注释】

　　① 钟毓(yù)：三国魏颍川长社(今河南长葛东)人，字稚叔，十四岁即任散骑侍郎。钟会：字士季，官至司徒。② 魏文帝：即曹丕，三国谯郡谯(今安徽亳州)人，字子桓。其父曹操死后，他袭位为魏王，不久代汉称帝。③ 钟繇(yóu)：字元常，入魏后任廷尉、太傅。④ 卿：你。⑤ 浆：一种带有酸味的饮料，常用以代酒。这里的"浆"与"惶"，下文的"出"与"栗"，古代可以押韵。

【翻译】

　　钟毓、钟会小时候有美好的声誉，十三岁时，魏文帝听说他俩，便对他们的父亲钟繇说："让你的两个儿子来。"于是下令召见。钟毓的脸上有汗水,文帝说:"你的脸上为什么出汗?"钟毓回答说:"恐惧而惊慌,汗出如水浆。"又问钟会:"你的脸上为什么不出汗?"钟会回答说:"恐惧而战栗,汗也不敢出。"

钟毓兄弟饮酒

钟毓兄弟小时,值父昼寝,因共偷服药酒①。 其父时觉,且托寐以观之。 毓拜而后饮②,会饮而不拜。 既而问毓何以拜,毓曰:"酒以成礼,不敢不拜。"又问会何以不拜,会曰:"偷本非礼,所以不拜。"

【注释】

① 药酒:这里指"散酒",即魏晋时人常服的五石散之类的药物酒。② 拜:一种拱手弯腰表示恭敬的礼节,也用作各种行礼的通称。

【翻译】

钟毓、钟会小时候,有一次正碰上父亲白天睡觉,于是一道偷饮药酒。父亲当时忽然醒来,姑且假装睡熟来观察他们的行动。钟毓先行礼而后才饮酒,钟会却只饮酒而不行礼。事过之后父亲问钟毓为什么要行礼,钟毓说:"酒是用来使礼仪完备的东西,所以饮酒时不敢不行礼。"又问钟会为什么不行礼,钟会说:"偷酒本来就不合于礼仪,所以饮酒时不敢行礼。"

邓艾答晋文王

邓艾口吃①，语称"艾艾"②。晋文王戏之曰③："卿云'艾艾'，定是几'艾'？"④对曰："'凤兮，凤兮'，故是一凤。"⑤

【注释】

① 邓艾：三国魏义阳棘阳(今河南新野东北)人，字士载，官至镇西将军，进封邓侯。② 艾艾：古人说话时常自称己名表示谦卑，邓艾本应自称为"艾"，但由于口吃。因此说成"艾艾……"。③ 晋文王：即司马昭，见 P8 注①。④ 定：到底，究竟。⑤ 凤兮，凤兮：据《论语·微子》记载，楚国狂人接舆经过孔子身边，唱歌说："凤啊，凤啊，为什么德行这样衰落？"邓艾引这句话的意思是，接舆讲"凤啊，凤啊"，依然只是一只凤，自己说"艾艾……"，依然也只是一个"艾"。

【翻译】

邓艾说话口吃，自称名字时常常讲成"艾艾"。晋文王同他开玩笑说："你讲'艾艾'，到底有几个'艾'呢？"邓艾回答说："'凤啊，凤啊'，依然只有一只凤。"

陆机答王武子

陆机诣王武子①，武子前置数斛羊酪②，指以示陆曰："卿江东何以敌此？"③陆云："有千里莼羹④，但未下盐豉耳！"⑤

【注释】

　　① 陆机：西晋吴郡吴县华亭（今上海松江）人，字士衡。曾任平原内史，世称"陆平原"。随司马颖出征，兵败遭谗而被杀，其弟陆云同时遇害。王武子：西晋太原晋阳（今山西太原西南）人，名济，字武子，官至侍中。② 斛：量器名，十斗为一斛。酪：用乳炼制成的半凝固的食品。③ 江东：长江在芜湖南京之间作西南南、东北北流向，江东即江南，因此习惯上称自此以下的长江南岸地区为江东。④ 千里：湖名，在今江苏溧阳境内，已趋湮没。莼（chún）羹：用莼菜加调料制成的稠汤。⑤ 盐豉（chǐ）：用烧熟的大豆发酵后加盐制成的食物，供调味用。若在莼羹中加入盐豉，味极鲜美。陆机的意思是，我们江东的千里莼羹已能抵得上羊酪，若再加上盐豉，羊酪就无法相比了。

【翻译】

　　陆机到王武子那里去，武子面前放着几斛羊酪，指给陆机看，并说："你们江东有什么能抵得上这个？"陆机说："有千里湖的莼菜羹，只是还没有加上盐豉呢！"

新 亭 对 泣

　　过江诸人①，每至美日，辄相邀新亭②，藉卉饮宴。周侯中坐而叹曰③："风景不殊，正自有山河之异！"皆相视流泪。唯王丞相愀然变色曰④："当共戮力王室，克复神州⑤，何至作楚囚相对！"⑥

【注释】

① 过江：晋愍帝建兴四年（316），刘曜（yào）攻陷长安，愍帝被虏。第二年，元帝即位于建康（今江苏南京），建立东晋王朝。当时黄河流域广大地区被内迁的少数民族贵族统治者占领，中原地区的士族多渡江南下避乱。② 新亭：三国吴筑，也叫劳劳亭，故址在今江苏南京市南。③ 侯：对官位高贵者的尊称。周侯：即周颉（yǐ），晋汝南安成（今河南平舆南）人，字伯仁，官至尚书左仆射。坐：同"座"。④ 丞相：官名，为百官之长，辅佐皇帝，综理全国政务。魏晋期间，丞相的称号只授予威权极重的大臣，真正担任丞相职责的往往用其他名义，例如王导就以录尚书事的身份总揽朝政纲纪。王丞相：即王导，东晋琅邪临沂（今属山东）人，字茂弘。西晋末年为司马睿献策移镇建康；东晋建立后任丞相，历仕元、明、成三帝，稳定了东晋在南方的统治。愀（qiǎo）然：脸色变化的样子。⑤ 神州：本泛指中国，这里指黄河流域一带中原地区。⑥ 楚囚：春秋时楚国钟仪被晋所俘，晋人称之为楚囚。楚囚相对：比喻在国破家亡时含悲泣苦，束手无策。

【翻译】

过江避难的官员，每逢天气晴朗的日子，经常互相邀请来到新亭，坐在草地上饮酒会宴。周侯在席间叹息说："风景倒没有什么不同，只是山河国土起了变化！"在座的人相互对视,流下了眼泪。只有王丞相突然变了脸色说:"大家正当同心协力效忠朝廷,收复中原地区,哪至于像亡国囚徒似的相对哭泣呢!"

杨梅孔雀

梁国杨氏子九岁①,甚聪惠②。孔君平诣其父③,父不在,乃呼儿出。为设果,果有杨梅,孔指以示儿曰:"此是君家果。"④儿应声答曰:"未闻孔雀是夫子家禽。"⑤

【注释】

① 梁:国名,魏晋期间沿袭汉代郡国并置的制度,梁国治所在今河南商丘南。② 惠:通"慧"。③ 孔君平:晋会稽山阴(今浙江绍兴)人,名坦,字君平,官至廷尉。④ 君:您。⑤ 夫子:对人的尊称。

【翻译】

梁国一户杨姓人家的儿子,九岁,很聪明。孔君平来看他父亲,父亲不在家,就喊儿子出来。给客人摆上了果子,果子中有杨梅,孔君平指着杨梅让他看,并说:"这是您家的家果。"小儿随声回答说:"没听说孔雀是您家的家禽。"

麈尾故在

庾法畅造庾太尉①，握麈尾至佳②。公曰③："此至佳，那得在？"法畅曰："廉者不求，贪者不与，故得在耳。"

【注释】

① 庾法畅：当据《高僧传·康僧渊传》作"康法畅"。生平未详，仅据《高僧传》得知，晋成帝时他始渡江南下。太尉：官名，主管军事，但至两晋时期已有职无权，只表示对大臣的尊崇。庾太尉：即庾亮，见P10注①。② 麈（zhǔ）尾：一种形状类似羽扇的物件，柄之左右饰以麈尾之毛。魏晋期间，善于清谈的名士多执麈尾，在谈论时用来比划并增美自己的仪容。③ 公：古代对人的尊称。

【翻译】

康法畅到庾太尉那里去，拿着的麈尾十分漂亮。庾太尉问："这东西太漂亮了，怎么还会留在身边？"法畅说："廉洁的人不会向我索取，贪婪的人我不会给他，所以还能在这里。"

桓公北征经金城

桓公北征经金城①，见前为琅邪时种柳②，皆已十围③，慨然曰："木犹如此，人何以堪！"攀枝执条，泫然流泪④。

【注释】

① 桓公：即桓温，东晋谯国龙亢（今安徽怀远西）人，字元子。曾任荆州刺史，晋穆帝永和十二年（356）率军收复洛阳，后废海西公立简文帝，以大司马专擅朝政。晚年图谋废晋自立，事未及成而死，谥宣武侯。北征：指晋废帝太和四年（369）桓温率军攻前燕一事。这次北征因粮运不继，受挫而还。金城：东晋侨置（东晋南北朝期间战争频仍，人民流徙，诸国遇有州郡沦陷者，则以其旧名侨置于流民所在之所，称为侨州、郡、县）琅邪郡治所，在今江苏句容北。② 琅邪：本郡在今山东境内，这里指侨置琅邪郡。③ 围：两手大拇指与食指合拢的圆周长。④ 泫（xuàn）然：伤心流泪的样子。

【翻译】

桓公北伐，经过金城，见到先前自己任琅邪太守时种下的柳树，都已有十围粗细了，感慨地说："树木尚且变化这样大，人怎能经得住岁月的流逝而不衰老呢！"握住树枝，伤心地流下泪来。

王、谢共登冶城

王右军与谢太傅共登冶城①。谢悠然远想，有高世之志。王谓谢曰："夏禹勤王，手足胼胝；文王旰食^②，日不暇给。 今四郊多垒^③，宜人人自效；而虚谈废务，浮文妨要，恐非当今所宜。"谢答曰："秦任商鞅^④，二世而亡，岂清言致患邪？"^⑤

【注释】

① 右军：即右军将军。魏晋南北朝期间，设置左右前后各将军，但非常设，也非实际领兵之官。王右军：即王羲之，东晋琅邪临沂（今属山东）人，字逸少，曾任右军将军、会稽内史，世称"王右军"。太傅：官名，本为辅佐国君的官员，汉代以后逐渐变为大官的加衔，不甚有实权。谢太傅：即谢安，东晋陈郡阳夏（今河南太康）人，字安石。位至宰相，力主抗拒外族南侵，取得淝水之战的胜利，并收复北方部分失地。冶城：相传春秋时吴王夫差（一说三国吴）冶铸于此，所以叫冶城。故址在今江苏南京朝天宫一带。② 旰（gàn）食：晚食。③ 垒：军营四周筑起的堡垒。④ 商鞅：战国时卫国人，也称卫鞅。任秦孝公相，封于商，曾两次变法，奠定了秦国富强的基础。⑤ 清言：也称清谈、玄谈，指魏晋期间崇尚老庄、谈论玄理的一种风气。

【翻译】

王右军与谢太傅一道登上冶城。谢太傅潇洒地凝神遐想，有超世脱俗的心意。王右军对他说："夏禹为国事辛劳，连手脚都长满了老茧；周文王忙得无法按时吃饭，每日里没有一点儿空闲的时间。如今整个国家都处于战乱之中，人人都应当贡献力量；如果一味空谈而荒废政务，崇尚浮文而妨碍国事,恐怕不是现在该做的事吧。"谢太傅回答说:"秦国任用商鞅,只传了两代就灭亡了,难道也是清谈导致的祸患吗?"

寒雪日内集

谢太傅寒雪日内集,与儿女讲论文义。 俄而雪骤,公欣然曰:"白雪纷纷何所似?"兄子胡儿曰①:"撒盐空中差可拟。"兄女曰②:"未若柳絮因风起。"公大笑乐。 即公大兄无奕女③,左将军王凝之妻也④。

【注释】

① 胡儿:即谢朗,字长度,小字胡儿,谢安次兄谢据的长子,官至东阳太守。② 兄女:指谢道韫,名韬元,字道韫,聪明而有才识,有诗文传于世。③ 无奕:即谢奕,字无奕,谢安的长兄,官至豫州刺史。④ 左将军:即左军将军。参见 P28 注①"右军"注。王凝之:东晋琅邪临沂(今属山东)人,字叔平,王羲之第二子,曾任江州刺史、左军将军。

【翻译】

谢太傅在一个大雪天里,聚集家人,给子侄们讲论作文章的道理。不一会儿雪下大了,谢太傅兴致勃勃地问:"这扬扬洒洒的白雪像什么东西呢?"侄子胡儿说:"把盐撒到空中大概可以比拟吧。"侄女道韫说:"还不如比作柳絮随风而起。"谢太傅大笑，十分高兴。道韫便是谢太傅长兄无奕的女儿，左军将军王凝之的妻子。

欲者不多

晋武帝每饷山涛恒少①，谢太傅以问子弟，车骑答曰②："当由欲者不多，而使与者忘少。"

【注释】

① 晋武帝：即司马炎，河内温县(今河南温县西)人，字安世，司马昭之子。继其父任相国，专国政；代魏称帝后，灭吴，统一中国。山涛：魏末晋初河内怀县(今河南武涉西)人，字巨源，"竹林七贤"之一，曾任吏部尚书、尚书右仆射。② 车骑(jì)：将军的名号。这里指谢玄，东晋陈郡阳夏(今河南太康)人，字幼度，小字遏，谢安之侄。曾率军抵御前秦，在淝水大败苻坚，并进而收复北方失地，死后追赠车骑将军。

【翻译】

晋武帝每次赐给山涛物品总是很少，谢太傅问子侄们如何看待这件事，车骑将军谢玄回答说："这该是收受的人不想要得多，因而使赐给的人也不觉得所赐太少。"

山阴道上行

王子敬云①："从山阴道上行②，山川自相映发，使人应接不暇。若秋冬之际，尤难为怀。"

【翻译】

王子敬说："在山阴的道路上走，山川景色交相辉映，使人目不暇接。如果到了秋冬之交的时节，就更加优美得令人难以禁受啦。"

芝 兰 玉 树

谢太傅问诸子侄："子弟亦何预人事③，而正欲使其佳？"诸人莫有言者，车骑答曰："譬如芝兰玉树④，欲使其生于阶庭耳。"

【注释】

① 王子敬：见 P11《王子敬首过》注①。② 山阴：东晋会稽郡治所，在今浙江绍兴。③ 预：关涉，关系到。④ 芝：通"芷"，香草名。

【翻译】

谢太傅问子侄们："后辈的事又同长辈有多少关系呢，而长辈们却一心只想到要他们好？"大家都没有说话，车骑将军谢玄回答说："这就好像芝兰玉树，人人都希望它能生长在自家的庭院里呀。"

滓秽太清

司马太傅斋中夜坐^①，于时天月明净，都无纤翳^②，太傅叹以为佳。谢景重在坐^③，答曰："意谓乃不如微云点缀。"太傅因戏谢曰："卿居心不净^④，乃复强欲滓秽太清邪？"^⑤

【注释】

① 太傅：这里指太子太傅，职守为辅导太子。司马太傅：即司马道子，东晋河内温县（今河南温县西）人，字也叫道子，简文帝第五子，初封琅邪王，后改封会稽王，曾代表皇族势力执掌朝政。② 都：全，全然。纤翳(yì)：微小的尘障。③ 谢景重：东晋陈郡阳夏（今河南太康）人，名重，字景重，官至骠骑长史。坐：同"座"。④ 卿：你。⑤ 太清：天空。古人认为天是既清又轻的气体构成的，所以称天空为太清。

【翻译】

司马太傅夜间坐在书房中，这时天空净朗，月光明彻，连一丝阴云都没有，太傅连声赞叹好景色。谢景重在座，答话说："我认为还不如有一些云点缀一下来得更好。"太傅于是同他开玩笑说："你自己心里不清净，竟还想强行玷污天空吗？"

丞相初营建康

宣武移镇南州[1]，制街衢平直。人谓王东亭曰[2]："丞相初营建康[3]，无所因承，而制置纡曲，方此为劣。"东亭曰："此丞相乃所以为巧。江左地促[4]，不如中国[5]。若使阡陌条畅，则一览而尽；故纡余委曲，若不可测。"

【注释】

① 宣武：即桓温。见 P27 注①。南州：即姑孰(今安徽当涂)，在京都建康西南。东晋时属扬州，桓温原来领兵在赭圻(今安徽繁昌西)，后为扬州牧，于是移去镇守姑孰。② 王东亭：即王珣，东晋琅邪临沂(今属山东)人，字元琳，丞相王导之孙，曾任桓温主簿、尚书左仆射，封东亭侯。③ 丞相：指王导，见 P24 注④。建康：东晋京都，即今江苏南京。④ 江左：古人在地理位置上坐北面南，以东为左，以西为右，所以江东又名江左。参见 P23 注③。⑤ 中国：泛指黄河流域一带中原地区。

【翻译】

桓宣武移去镇守南州时，规划的街道很平直。有人对王东亭说："王丞相开始筹划建康城时，没有可供承袭的现成东西，街道规划建造得迂回曲折，比起这里来就要差了。"王东亭说:"这正是丞相安排巧妙的地方。江南一带地面狭窄,比不得中原地区。如果让街道平直畅达,那就一览无余了;所以修建得辗转曲折,就像是深不可测一样。"

三、政　事

035

　　魏晋政界的风气，一般是崇尚清言，不务实事的。王濛、刘惔与支遁看望何充，何正看文书，不理睬他们。王濛说："我今故与林公来相看，望卿摆拨常务，应对玄言，哪得方低头看此邪？"这种不务实的风气，颇受后人讥讽，但在当时人，却有他们的苦衷：一是仕途由家世决定，是否勤勉无关宏旨；二是大族争斗激烈，过于认真反有激化矛盾的可能，给自己增添麻烦。总之，魏晋时勤于政事者如何充、陶侃等人可谓凤毛麟角，《世说新语》全书一千一百余条，本门类仅占二十六条，由此可见一斑。

　　这二十六条中，有一部分属于传统的仁政，如王承不追究盗鱼小吏，不惩办犯夜学子等。另有相当部分，则是当时政治条件下所特有的施政方式，其中最为典型的，是王导的政绩。

　　王导是东晋初年的丞相，在建立东晋的过程中起过决定性作用。其政绩优劣，后世颇多争议，而王导对自己的评语则是："人言我愦愦，后人当思此愦愦。"愦愦,即糊涂,王导一生事业,就在于稳定东晋偏安局面,调和大族间的矛盾。为了达到这一目的,他采取了事从简易,无为而治的办法,用今天的话说,就是装糊涂,多一事不如少一事。他的一生是功是过,有待于后人详细地作出总结,但他的施政方针,确实是从东晋社会的实际情况出发的。我们现在来阅读《政事》门,也应同东晋政治历史的实际情况联系起来,从而作出较为公允的评价。

陈元方答袁公

陈元方年十一时①,候袁公②。袁公问曰:"贤家君在太丘③,远近称之,何所履行?"元方曰:"老父在太丘④,强者绥之以德,弱者抚之以仁,恣其所安,久而益敬。"袁公曰:"孤往者尝为邺令⑤,正行此事。不知卿家君法孤⑥,孤法卿父?"元方曰:"周公、孔子⑦,异世而出,周旋动静⑧,万里如一。周公不师孔子,孔子亦不师周公。"

【注释】

① 陈元方:见 P4《难兄难弟》注①。② 袁公:未详何人。③ 贤家君:对对话人父亲的尊称。下文"卿家君"同。太丘:地名,参见 P5 注③。④ 老父:陈寔此时三十六岁,但魏晋期间已可称老;元方称之为老父,还含有尊敬的意味。⑤ 孤:古代侯王对自己的谦称。邺:县名,治所在今河北

临漳西南。⑥ 卿：你。⑦ 周公：西周初年政治家，姓姬，名旦，周武王之弟。相传周代的礼乐制度都是他制定的。子：姓氏或名字后加"子"，表示尊重。⑧ 周旋：应酬，交往。动静：这里指活跃社会与安定社会的做法。

【翻译】

陈元方十一岁时，去拜访袁公。袁公问他："你父亲在太丘时，远近的人们都称赞他，他做了些什么事啊？"元方回答说："老父在太丘时，性格刚强的人用德行去安定他们，性格软弱的人用仁慈去爱抚他们，让他们顺心地过着安乐的生活，时间越长，大家越是尊敬他。"袁公说："我过去做邺县县令时，正是这样做的。不知是你父亲效法我的呢，还是我效法你父亲的？"元方说："周公和孔子，是不同时代的人，虽然相隔很远，但是他们为官处世的做法却是一致的。周公没有效法孔子，孔子也没有效法周公。"

小吏盗池中鱼

王安期为东海郡①，小吏盗池中鱼，纲纪推之②。王曰："文王之囿③，与众共之。池鱼复何足惜！"

【注释】

① 王安期：晋太原晋阳（今山西太原西南）人，名承，字安期，曾任东海太守（此据《晋书·王承传》说，刘孝标《世说新语注》引《名士传》认为是东海内史）、元帝镇东府

从事中郎。东海：郡名，治所在今山东郯（tán）城北。② 纲纪：这里指郡主簿。③ 囿（yòu）：天子诸侯养禽兽的地方。

【翻译】

王安期担任东海太守时，有一名小吏偷了池塘中的鱼，郡主簿要查究这件事。王安期说："周文王打猎的苑囿，与人们共同享用。池塘中鱼又有什么值得吝惜的呢！"

吏录犯夜人

王安期作东海郡，吏录一犯夜人来。王问："何处来？"云："从师家受书还，不觉日晚。"王曰："鞭挞宁越以立威名①，恐非致理之本。"② 使吏送令归家。

【注释】

① 宁越：战国时赵国人，原为中牟（今河南鹤壁西）农民，因努力求学，十五年而成为周威公之师。这里作为刻苦读书者的代称。② 理：即"治"，太平。唐代因避高宗李治的名讳而改。

【翻译】

王安期担任东海太守时，有一次差役拘捕了一名触犯夜行禁令的人来。王安期问他："从什么地方来？"那人说："从老师家里听完讲课回来，不觉天已经晚了。"王安期说："鞭打同宁越一样的读书人来树立声威，恐怕不是达到太平安定的根本办法。"于是便让差役送那人回家。

陆太尉咨事

陆太尉诣王丞相咨事①，过后辄翻异。 王公怪其如此，后以问陆。 陆曰："公长民短②，临时不知所言，既后觉其不可耳。"

【注释】

① 太尉：官名，秦至西汉设置，为全国军政首脑。晋代为加官，无实权。陆太尉：即陆玩，晋吴郡吴县华亭(今上海松江)人，字士瑶，曾任侍中、尚书左仆射、尚书令，死后追赠太尉。王丞相：即王导，见 P24 注④。② 公：对人的尊称。长、短：这里指名位的尊卑高低。民：处于被统辖地区的官民，对地方长官说话时，自称为民，即使是地位显赫的官员也不例外。此时陆玩为尚书左仆射，王导为丞相兼领扬州刺史，所以陆玩自称为民。

【翻译】

陆太尉有事到王丞相那里去征询意见，过后又往往不按商定的办。王公对他这样做感到很奇怪，后来就用这事问陆。陆说："您的地位高，我的地位低，当时不知该说什么是好，可过后又觉得那样做并不妥当。"

丞 相 末 年

丞相末年，略不复省事，正封箓诺之①。 自叹曰："人言我愦愦②，后人当思此愦愦。"

【翻译】

王丞相晚年时，通常已不再处理政务，只是在奏章文书上加批许可的字样。他自己感叹地说："别人说我糊涂，但后人一定会怀念我这样的糊涂。"

陶 公 性 检 厉

陶公性检厉③，勤于事。 作荆州时④，敕船官悉录锯木屑，不限多少，咸不解此意。 后正会⑤，值积雪始晴，听事前除雪后犹湿，于是悉用木屑覆之，都无所妨⑥。 官用竹，皆令录厚头，积之如山。 后桓宣武伐蜀⑦，装船，悉以作钉。 又云，尝发所在竹篙，有一官长连根取之，仍当足⑧，乃超两阶用之。

【注释】

① 封：即封事，一种密封的奏章。箓(lù)：指文书。诺：指在文书上批示许可。② 愦愦：昏庸，糊涂。③ 陶公：即陶侃，晋庐江寻阳(今江西九江)人，字士行，曾任荆州刺史、广州刺史、都督八州军事，封长沙郡公。④ 荆州：见P12 注①。⑤ 正(zhēng)会：元旦(农历正月初一，即今春

節)集会。⑥ 都:见 P32 注②。⑦ 桓宣武:即桓温。伐蜀: 晋惠帝时,李雄据蜀称帝(史称成国),传至李势,日益衰落。晋穆帝永和二年(346),桓温率师西伐,第二年春天灭之。⑧ 仍:因而,于是。

【翻译】

陶公生性严肃认真,办事勤勉。担任荆州刺史时,命令监造船只的官员将锯木屑无论多少都收集起来,大家都不理解他的用意。后来到了元旦集会时,正好遇上接连大雪之后天刚放晴,官府大堂前的台阶上仍然很潮湿,于是全用锯木屑覆盖在上面,走路时一点困难也没有。官府用毛竹时,他总是叫人把斫下的厚的一头收集起来,堆积得像山一样高。后来桓宣武讨伐西蜀时,要装备船只,便把这些竹头全都用来做成竹钉。又听说,他曾在自己管辖的地区征调竹篙,有一名官员把毛竹连根取来,用竹根代替竹篙上的铁足,他便把这名官员连升两级任用。

共看何骠骑

王、刘与林公共看何骠骑①,骠骑看文书不顾之。王谓何曰:“我今故与林公来相看,望卿摆拨常务②,应对玄言③,那得方低头看此邪?”何曰:“我不看此,卿等何以得存?”诸人以为佳。

【注释】

① 王:指王濛,东晋太原晋阳(今山西太原西南)人,

字仲祖，曾任长山令、司徒左长史。刘：指刘惔（dàn），东晋沛国相（今安徽濉溪西北）人，字真长，曾任司徒左长史、侍中、丹阳尹。林公：当为"深公"之误，下文"林公"同。深公即竺道潜，东晋琅邪（治所在今山东临沂北）人，本姓王，字法深。年十八出家，与王导、庾亮友善，后避世隐居剡山。林公指支遁，东晋陈留（治所在今河南开封市南）人，本姓关，名遁，字道林。年二十五出家，好谈玄理，与谢安、王羲之等友善。据程炎震《世说新语笺注》说，东晋康帝时（343—344），何充任骠骑将军辅佐国政，支遁尚未到京都；而何充却同深公来往密切，把他当作老师看待。骠骑（piào jì）：将军的名号。何骠骑：即何充，东晋庐江灊（qián）县（今安徽霍山北）人，字次道，曾任骠骑将军、扬州刺史。② 卿：你。③ 玄言：精微玄妙之言，这里指玄学的言论。

【翻译】

　　王濛、刘惔同深公一道去看望骠骑将军何充，何骠骑正在翻阅公文，没有答理他们。王濛对何充说："我们今天特意同深公来看望你，希望你能丢开手头的事务，和我们共同谈谈精微的玄理，哪能在这时候埋头看这些东西呢？"何充说："我如果不看这些东西，你们这些人又怎么能够得到保全？"大家听了，都觉得他的话说得非常好。

四、文学

　　《世说新语》时代的文学概念与今天不尽相同，它事实上是学术与文学的总称。汉末以来，随着人的思想情性的解放，直接表现人物个性情感的文学，也日益受到人们的重视，逐步走向独立，正如鲁迅所说，"文的自觉"的时代开始了（《魏晋风度及文章与药及酒之关系》）。所以《文学》门把学术与文学分成两个部分，以"七步中作诗"为界，前此为学术，此后为文学。

　　学术部分包括儒学、名理学、玄学、佛学，而以玄学为主。从中可以较为清楚地看出魏晋之际学术思想的演变过程、魏晋玄学的发展脉络以及玄学与其他学术之间的关系，是研究魏晋玄学的重要资料。其中还有关于士人学术活动的描写，如孙盛与殷浩讨论玄学义理，"往反精苦……至莫忘食"，最后脱口相骂，十分传神。褚裒与孙盛讨论南北士人学风的不同，把学术研究与地理条件联系起来，对后代也很有启发。

　　从文学部分则可以看出时人对文学特性的

认识正日趋深入,如文与笔的分称,体现了魏晋文体论的发展;"要作金石声"条,谈到了自然声律与正在兴起的声律论之间的联系区别;"都下纸贵"条,批评了"事事拟学"的大赋;"孙子荆除妇服"条涉及作者、作品与读者之间的情感交流关系,这些都是十分重要的文学理论问题,为今人研究魏晋文学的发展提供了珍贵的资料。

奴婢皆读书

郑玄家奴婢皆读书①。尝使一婢,不称旨,将挞之。方自陈说,玄怒,使人曳箸泥中②。须臾,复有一婢来,问曰:"胡为乎泥中?"③答曰:"薄言往诉,逢彼之怒。"④

【注释】

① 郑玄:东汉北海高密(今属山东)人,字康成。曾聚徒讲学,遍注群经,是汉代经学的集大成者。② 箸(zhuó):也写作"著",是"着"字的本来写法。放在动词后面,含有"在"、"到"等意义。③ 胡为乎泥中:《诗·邶风·式微》中的句子。"泥中"本是卫地城邑名,这里借用来表示泥水之中。④ 薄、言:《诗经》中的助词,无实在意义。薄言往诉,逢彼之怒:《诗·邶风·柏舟》中的句子。

【翻译】

郑玄家中的奴婢都读古代的诗书。有一次他使唤一名婢女,不合心意,准备鞭打她。婢女还要解释,郑玄发怒,让人把她拖到泥水中去。过了片刻,又有一名婢女过来,问道:"为什么在泥水之中呢?"她回答说:"我去向他陈诉,适逢他在发怒。"

服虔善《春秋》

服虔既善《春秋》①,将为注,欲参考同异。闻崔烈集门生讲传②,遂匿姓名,为烈门人赁作食。每当至讲时,辄窃听户壁间。既知不能逾己,稍共诸生叙其短长。烈闻,不测何人,然素闻虔名,意疑之。明蚤往③,及未寤,便呼:"子慎!子慎!"虔不觉惊应,遂相与友善。

【注释】

① 服虔:东汉河南荥(xíng)阳(今河南荥阳东北)人,字子慎,曾任九江太守,著有《春秋左氏传解谊》。《春秋》:春秋时期鲁国史官记载的编年体史书,相传经过孔子的修订,成了儒家的经典之一。② 崔烈:东汉涿郡安平(今属河北)人(此据《后汉书·崔骃传》),字威考,曾任司徒、太尉。传(zhuàn):解说经义的文字。《春秋》有三传,即《左传》《公羊传》《穀梁传》。崔氏世传《左传》。③ 蚤:通"早"。

【翻译】

服虔精通《春秋》之后,将要给它作注,想参考其他人相同或不同的意见。听说崔烈聚集学生在讲解《春秋》传，便隐姓埋名，受雇替崔烈的学生做饭。每次到崔烈讲解时，总是在门外偷听。在了解到崔烈并不能超过自己之后，他才渐渐地同学生们谈论起崔烈讲解的长处与短处。崔烈听到这件事后，猜想不出这是什么人，然而平素就听说过服虔的声名，心里怀疑是他。第二天一早前去拜访，趁着服虔尚未醒来，便连声喊道："子慎！子慎！"服虔不觉惊醒答应，于是相互成了要好的朋友。

钟会撰《四本论》

　　钟会撰《四本论》始毕①，甚欲使嵇公一见②。置怀中，既诣③，畏其难，怀不敢出；于户外遥掷，便回急走。

【注释】

　　① 钟会：见 P20 注①。《四本论》：讨论才性同异的文章。四本指的是才性同、才性异、才性合、才性离。② 嵇公：即嵇康，三国魏谯郡铚（今安徽宿州）人，字叔夜，"竹林七贤"之一。曾任中散大夫，世称"嵇中散"，后遭钟会构陷，被司马昭所杀。③ 既诣：袁氏本《世说新语》作"既定"，现据《太平御览》卷三百九十四引《世说》改。

【翻译】

　　钟会撰写《四本论》刚完，很想让嵇公看一看。把它带在怀中,到了嵇公住处,又害怕他驳难,不敢拿出来;后来从门外远远地扔进去,随即掉头快步跑开了。

卫玠问乐令梦

卫玠总角时①,问乐令梦②,乐云:"是想。"卫曰:"形神所不接而梦③,岂是想邪?"乐云:"因也④。未尝梦乘车入鼠穴、捣齑啖铁杵⑤,皆无想无因故也。"卫思"因"经日不得,遂成病。乐闻,故命驾为剖析之,卫即小差⑥。乐叹曰:"此儿胸中当必无膏肓之疾。"⑦

【注释】

① 卫玠:西晋河东安邑(今山西夏县西北)人,字叔宝,官至太子洗马。② 令:指尚书令,官名,本为属官,掌章奏文书,自汉武帝开始职权渐重,至魏晋以后已成为实际上的宰相。乐令:即乐广,西晋南阳淯阳(今河南南阳)人,字彦辅,卫玠岳父,官至尚书令。③ 形神:这里指人的形体与精神。④ 因:这里有"依据"的意思。⑤ 齑(jī):制成细末的腌菜。捣齑:古代制齑的一种方式。⑥ 差(chài):病愈,同"瘥"。⑦ 膏肓(huāng):古代医学称心脏下部为膏,膈膜为肓,是针药之力无法达到的部位,因此把难以治疗的严重病情称为膏肓之疾。当必无膏肓之疾:意思是卫玠有疑必求剖释,不致积成心病。

【翻译】

　　卫玠还是孩童时，问乐令人为什么会做梦，乐令说："因为有所思。"卫玠说："灵魂离开了肉体而形成梦，难道是有所思的缘故吗？"乐令说："是说有所依据。没有谁做这样的梦：乘车进了老鼠洞、捣腌菜时吃下了铁棒槌，都是无所依据因而无所思的缘故。"于是卫玠整日思考什么叫做"依据"，想不出结果，最终生了病。乐令听说后，特意让人备车亲自去为卫玠分析解说，卫玠的病才稍有好转。乐令赞叹地说："这孩子心中以后一定不会积有大病。"

向、郭二《庄》

　　初，注《庄子》者数十家[①]，莫能究其旨要。向秀于旧注外为解义[②]，妙析奇致，大畅玄风。唯《秋水》《至乐》二篇未竟而秀卒。秀子幼，义遂零落，然犹有别本。郭象者[③]，为人薄行，有俊才。见秀义不传于世，遂窃以为己注。乃自注《秋水》《至乐》二篇，又易《马蹄》一篇，其余众篇，或定点文句而已。后秀义别本出，故今有向、郭二《庄》，其义一也。

【注释】

　　①《庄子》：书名，也称《南华经》，道家经典之一，战国时期庄周及其后学编著。下文《秋水》《至乐》《马蹄》均为《庄子》一书中的篇名。②向秀：魏晋期间河内怀县（今河南武涉西南）人，字子期，"竹林七贤"之一，曾任黄门侍郎、

散骑常侍。③ 郭象：西晋河南郡（治所在今河南洛阳东北）人，字子玄，曾任黄门侍郎、太傅主簿。

【翻译】

当初，给《庄子》一书作注的有几十家，没有谁能深探它的要旨。向秀在旧注之外重新解析它的义理，说解精妙而有奇特的理趣，深刻阐明了道家义理的幽微涵义。只是《秋水》与《至乐》两篇尚未完成向秀便死了。这时向秀的儿子还很小，注解因而散失了，但是还有其他的抄本。郭象这个人，品行轻薄，但才智出众。他看见向秀的注解没有在社会上流传，便剽窃来作为自己的注释。于是自己注释了《秋水》《至乐》两篇，又改换了《马蹄》一篇，其余各篇只不过时而增删字句写成定本而已。后来向秀注解的其他抄本流传开来，所以现在有向秀、郭象两种《庄子》注，它们的意思却是一样的。

三 语 掾

阮宣子有令闻①，太尉王夷甫见而问曰②："老庄与圣教同异？"③ 对曰："将无同？"④ 太尉善其言，辟之为掾⑤。世谓"三语掾"⑥。卫玠嘲之曰："一言可辟，何假于三？"宣子曰："苟是天下人望，亦可无言而辟，复何假一？"遂相与为友。

【注释】

① 阮宣子：西晋陈留尉氏（今属河南）人，名脩，字宣

子,曾任鸿胪卿、太子洗马。此条《晋书》认为是阮瞻、王戎二人之事。见《晋书·阮瞻传》。② 太尉:见 P39 注①。王夷甫:西晋琅邪临沂(今属山东)人,名衍,字夷甫,历任中书令、尚书令、司徒、司空、太尉等要职。③ 老:指老子,参见 P18 注⑦"伯阳"注。庄:指庄子,战国宋蒙(今河南商丘东北)人,名周,是道家学派的重要代表人物。④ 将无:表示测度的语气词,相当于莫非、恐怕、大概。⑤ 掾(yuàn):属官的通称。⑥ 三语掾:指用三个字("将无同")回答而得到的掾属官。

【翻译】

　　阮宣子有美好的声誉,太尉王夷甫遇见他问道:"老庄的义理和儒家圣人的教诲,有什么相同与不同的地方?"阮宣子回答说:"恐怕差不多吧?"太尉很赞赏他的话,任命他为掾属。当时的人便把他叫作"三语掾"。卫玠嘲讽他说:"只要一个字就能任官,何必要借助三个字呢?"阮宣子说:"如果是天下共同敬仰的人,不说话也能任官,又何必要借助一个字呢?"于是相互成了好朋友。

殷中军下都

　　殷中军为庾公长史①,下都②,王丞相为之集③,桓公、王长史、王蓝田、谢镇西并在④。丞相自起解帐带麈尾⑤,语殷曰:"身今日当与君共谈析理。"⑥既共清言⑦,遂达三更。丞相与殷共相往反⑧,其余诸贤,略无所关。 既彼我相尽，丞相乃叹曰："向来语，乃竟未知理源所归。 至于辞喻不相负，正始之音⑨，正当尔耳！"明旦，桓宣武语人曰："昨夜听殷、王清言，甚佳，仁祖亦不寂寞，我亦时复造心，顾看两王掾⑩，辄翣如生母狗馨。"⑪

【注释】

① 中军：即中军将军，晋代开始设置，通常由权臣担任。 殷中军：即殷浩，东晋陈郡长平(今河南西华东北)人，字渊源，历任建武将军、扬州刺史、中军将军、都督五州军事等要职。 庾公：即庾亮。 长(zhǎng)史：太尉、司徒、司空等高级官员的属官，为幕僚长，职任颇重。 魏晋以后，州郡长官凡带有将军称号开府者，也设长史。 ② 下都：从长江上游往下游来到京都建康(今江苏南京)。 ③ 王丞相：即王导。 ④ 桓公：即桓温。 王长史：即王濛。 王蓝田：即王述，东晋太原晋阳(今山西太原西南)人，字怀祖，曾任扬州刺史、尚书令，袭爵蓝田侯。 谢镇西：即谢尚，东晋陈郡阳夏(今河南太康)人，字仁祖，曾任镇西将军、豫州刺史。 ⑤ 麈尾：见 P26 注②。 ⑥ 身：第一人称代词，相当于我，晋人多自称为身。 君：您。 ⑦ 清言：见 P28 注⑤。 ⑧ 反：同"返"。 ⑨ 正始：三国魏齐王曹芳的年号(公元 240—249)。 正始之音：指魏晋之际崇尚玄学清谈的风尚言论。 ⑩ 两王掾：指王濛、王述。 ⑪ 翣(shà)：通"涩"，羞涩(据恩田仲任辑《世说音释》说)。 馨：词尾，表示"……的样子"。

【翻译】

殷中军任庾公长史时，来到京都，王丞相为他举行集会,桓公、王长史、王蓝田、谢镇西都在座。王丞相亲自起身解下挂在帐带上的麈尾,对殷说:"我今天要与您一道谈论、辩析玄理。"交谈开始之后,一直延续到三更时分。王丞相同殷中军反复辩难,其他各位插也插不进去。等到双方论点摆完之后,王丞相便感慨地说:"方才说了许多话,竟然还是没有弄清义理的根本到底在哪里。至于言词所要表达的意思同所用的譬喻贴切无间,正始年间的辩言析理,正该是这样啊。"第二天早晨,桓宣武对人说:"昨天夜里听殷中军、王丞相二人清谈,非常精妙,当时谢仁祖也有所表现,我也时有会心之处,回头看看两位姓王的掾属,却一直像是见不得人的母狗那样羞涩发愣。"

南北人学问

褚季野语孙安国云①:"北人学问②,渊综广博。"孙答曰:"南人学问,精通简要。"支道林闻之③,曰:"圣贤固所忘言。 自中人以还,北人看书,如显处视月;南人学问,如牖中窥日。"

【注释】

① 褚季野:东晋河南阳翟(今河南禹州)人,名裒(póu),字季野,官至征北大将军。孙安国:东晋太原中都(今山西平遥西北)人,名盛,字安国,官至秘书监,加给事中。② 北:指黄河以北,下文"南"指黄河以南。③ 支道林:见 P41—P42《共看何骠骑》注①。

【翻译】

褚季野对孙安国说："北方人做学问,深广渊博而能兼收并蓄。"孙安国回答说："南方人做学问,透彻通达而能简明扼要。"支道林听后说："圣贤本来就是心中有数却想不到去表达的。就中等才质以下的人来看,北方人看书,有如在显豁之处看月亮,视野虽广,但很难周详;南方人做学问,有如在窗户里边看太阳,视野虽狭,但较易精细。"

麈 尾 脱 落

孙安国往殷中军许共论,往反精苦①,客主无间。左右进食,冷而复暖者数四。彼我奋掷麈尾,悉脱落满餐饭中,宾主遂至莫忘食②。殷乃语孙曰："卿莫作强口马,我当穿卿鼻!"③孙曰："卿不见决鼻牛,人当穿卿颊!"

【注释】

①反:同"返"。苦:表示某事进行得程度很深。②莫:同"暮"。③卿:你。

【翻译】

孙安国到殷中军的住所共同谈论玄理,相互辩难竭尽心力,为客为主的两方均无漏误之处。侍者送上食物,摆冷后又重新热过连续有好几次。双方用力挥动麈尾,以致塵毛全都脱落到饭菜中,宾主二人一直到日落时分也没有想起吃饭。殷中军便对孙安国说:"你不要当执拗的烈马,我一定会穿透你的鼻子!"孙安国说:"你难道没见过豁了鼻子的牛,我一定要穿透你的面频!"

善人少恶人多

殷中军问:"自然无心于禀受①,何以正善人少,恶人多?"诸人莫有言者。 刘尹答日②:"譬如写水著地③,正自纵横流漫,略无正方圆者。"一时绝叹,以为名通④。

【注释】

① 自然:天然,即道家认为生成万物的大自然。禀受:指人从大自然那里接受品性资质。② 尹:晋代郡长官一般称太守,但京都所在地的郡长官称为尹。西晋有河南尹,东晋有丹阳尹。刘尹:即刘惔。③ 写:同"泻"。著:见P44 注②。④ 通:通畅,指解说玄理没有滞碍不畅之处。

【翻译】

殷中军问:"大自然并没有存心让人接受各种不同的品性资质,但为什么恰恰是好人少,坏人多?"听众没有一个能解说的。刘尹回答说:"这就好比把水倒在地上,只是四处流淌漫延,没有那恰好是规规矩矩形状的。"一时间大家都极为叹服,认为是至理名言。

官本是臭腐

人有问殷中军："何以将得位而梦棺器，将得财而梦矢秽？"①殷曰："官本是臭腐，所以将得而梦棺尸；财本是粪土，所以将得而梦秽污。"时人以为名通。

【注释】

① 矢：通"屎"。

【翻译】

有人问殷中军："为什么将要得到官位时就会梦见棺材，将要得到钱财时就会梦见粪便？"殷中军说："官位本是腐臭的东西，所以将要得到时就会梦见棺材尸体；钱财本是粪土一样的东西，所以将要得到时就会梦见污浊肮脏。"当时的人都认为这是至理名言。

七 步 作 诗

文帝尝令东阿王七步中作诗①，不成者行大法。应声便为诗曰："煮豆持作羹②，漉菽以为汁。其在釜下然③，豆在釜中泣；本自同根生，相煎何太急！"帝深有惭色。

【注释】

① 文帝：指魏文帝曹丕。东阿王：即曹植，曹丕同母

弟,字子建,曾封为东阿王,后进封陈王,死后谥为思,世称"陈思王"。早年曾以文才受父曹操宠爱,后备受曹丕父子猜忌,郁闷而死。② 羹:参见 P23 注④"莼羹"注。③ 其(qí):豆茎。然:同"燃"。

【翻译】

魏文帝曾经命令弟弟东阿王在走七步路的时间内做出一首诗,做不成的话便要杀掉他。东阿王随声便做了一首诗:"煮熟豆子做成羹,滤去豆瓣留下汁。豆萁在锅下燃烧,豆子在锅中哭泣;本来就是同根生长,相互煎熬为何这般紧急!"魏文帝十分惭愧。

潘 文 乐 旨

乐令善于清言①,而不长于手笔。将让河南尹②,请潘岳为表③。潘云:"可作耳,要当得君意。"④乐为述己所以为让,标位二百许语⑤。潘直取错综,便成名笔。时人咸云:"若乐不假潘之文,潘不取乐之旨,则无以成斯矣。"

【注释】

① 乐令:即乐广。清言:见 P28 注⑤。② 尹:见 P54 注②。河南尹:河南郡(治所在今河南洛阳市东北)的行政长官。③ 潘岳:西晋荥(xíng)阳中牟(今属河南)人,字安仁。曾任河阳令、著作郎、给事黄门侍郎,后被司马伦及孙

秀所杀。④ 君:您。⑤ 标位:书写。许:用在数词或数量词
后面,表示大体相当的约数。

【翻译】

乐令善于清谈,却不擅长写文章。他想要辞去河南尹
的职务,请潘岳代写一道奏章。潘岳说:"可以代写,但总
归要先知道您的意思。"乐令便对他讲了自己之所以辞让
的原因,写了二百来字的提纲。潘岳取过来径加综合安
排,便成了一篇名文。当时的人都说:"如果乐不借助潘的
文才,潘不采用乐的意旨,就无法写成这样的好文章。"

孙子荆除妇服

孙子荆除妇服①,作诗以示王武子②。 王曰:"未
知文生于情,情生于文③? 览之凄然,增伉俪之重。"

【注释】

① 孙子荆:晋太原中都(今山西平遥西南)人,名楚,
字子荆,曾任左著作郎、冯翊太守。② 王武子:即王济。
③ 未知文生于情,情生于文:王济说这句话的意思是称赞
孙楚的诗文情并茂。

【翻译】

孙子荆为妻子服丧期满后,写诗拿给王武子看。王武
子说:"真不知道这文采是由于感情深厚而激发出来的呢,

还是这感情由于文采飞扬而呈现出来的？看了之后感到很凄凉，增加了夫妇之间的深情。"

有意无意之间

庾子嵩作《意赋》成①，从子文康见②，问曰："若有意邪，非赋之所尽；若无意邪，复何所赋？"答曰："正在有意无意之间。"

【注释】

① 庾子嵩：晋颍川鄢陵（今河南鄢陵西北）人，名敳（ái），字子嵩，曾任吏部郎、豫州长史、东海王司马越军咨祭酒。又称庾中郎、中郎。② 文康：即庾亮。

【翻译】

庾子嵩写成《意赋》后，侄儿文康见到了，问道："如果确有意向的话，不是用赋所能表达得尽的；如果没有意向的话，又要写赋做什么呢？"庾子嵩回答说："恰恰是在有意无意之间。"

都下纸贵

庾仲初作《扬都赋》成①，以呈庾亮。亮以亲族之怀，大为其名价，云："可三《二京》②，四《三都》。"③于此人人竞写，都下纸为之贵④。谢太傅云⑤："不得尔。此是屋下架屋耳，事事拟学，而不免俭狭。"

【注释】

① 庾仲初：晋颍川鄢陵（今河南鄢陵西北）人，名阐，字仲初，曾任彭城内史、散骑侍郎、零陵太守。②《二京》：即《二京赋》，东汉张衡作，包括《西京赋》《东京赋》两篇，分述汉代西京长安、东京洛阳的盛况。③《三都》：即《三都赋》，西晋左思作，包括《蜀都赋》《吴都赋》《魏都赋》三篇，分述三国时蜀都益州、吴都建业、魏都邺三地的情况。④ 都下：京城，这里指东晋京都建康（今江苏南京）。⑤ 谢太傅：即谢安。

【翻译】

庾仲初写成《扬都赋》后，呈送给庾亮看。庾亮出于同一宗族的情意，给它极高的评价，说："这篇赋可以同《二京赋》并列而成'三京'，同《三都赋》并列而成'四都'。"自此以后，人人争相传抄，京都的纸价也因此而贵起来。谢太傅说："不能如此讲。这是在高屋之下架屋呀，处处模仿，就免不了规模狭小而显得局促。"

张凭作母诔

谢太傅问主簿陆退①："张凭何以作母诔②，而不作父诔?"退答曰:"故当是丈夫之德③,表于事行;妇人之美,非诔不显。"

【注释】

① 谢太傅:即谢安。主簿:见 P3 注⑥。陆退:东晋吴郡(治所在今江苏苏州)人,字黎民,官至光禄大夫。② 张凭:东晋吴郡吴县(今江苏苏州)人,字长宗,陆退岳父,曾任吏部郎、御史中丞。诔(lěi):一种哀祭文体,叙述死者生前事迹,表示哀悼。③ 故:见 P14 注⑤。丈夫:对成年男子的通称。

【翻译】

谢太傅问主簿陆退说:"张凭为什么只给亡母作诔文,而没有给亡父作诔文呢?"陆退回答说:"这当然是因为男子的德行,表现在事业之中;而女子的美德,没有诔文就无法传扬开来。"

披 锦 简 金

孙兴公云①:"潘文烂若披锦②,无处不善;陆文若排沙简金③,往往见宝。"

【注释】

① 孙兴公:东晋太原中都(今山西平遥西北)人,名绰,字兴公,曾任廷尉卿、领著作,袭爵长乐侯。② 潘:指

潘岳。③ 陆:指陆机。排:推开,分开。

【翻译】

　　孙兴公说:"潘岳的诗文光彩灿烂有如铺开锦缎,没有一处不好;陆机的诗文有如沙里淘金,常常能从中见到珍宝。"

要作金石声

　　孙兴公作《天台赋》成,以示范荣期①,云:"卿试掷地,要作金石声!"②范曰:"恐子之金石③,非宫商中声。"④然每至佳句,辄云:"应是我辈语。"

【注释】

　　① 范荣期:东晋南阳顺阳(今河南淅川东)人,名启,字荣期,官至黄门侍郎。② 金石声:金石撞击之声,比喻辞赋音节之美。③ 子:您。④ 宫商:古代把音阶定为宫、商、角、徵(zhǐ)、羽五级,叫做五音或五声,大致相当于现代音乐简谱上的 1(do)、2(re)、3(mi)、5(sol)、6(la),五音配合而构成音乐。这里举宫商以代表五个音阶。

【翻译】

　　孙兴公写成《天台赋》后,拿给范荣期看,并说:"你试着把它扔到地上,一定会发出金石般的铿锵之声!"范荣期说:"我怕您所说的金石声,并不是五音协和的声音。"但是每读到好的文句,也总是说:"应当是我们这一流人物才能说得出来的话。"

王东亭作白事

王东亭到桓公吏①,既伏阁下②,桓令人窃取其白事③。东亭即于阁下更作,无复向一字。

【注释】

① 王东亭:即王珣。桓公:即桓温。② 伏阁下:僚属在陈请府主时俯伏阁门下以待宣召。③ 白事:僚属向府主请示或报告用的公文。

【翻译】

王东亭到桓公那里去当属官时,伏于阁门之下等待宣召,桓公让人偷走了他身边的禀事文书。王东亭随即在阁门下重新写好,与先前那篇没有一字相同。

五、方　正

　　方正，指品行正直不阿。然而任何时代的所谓正直，都有其特定的标准。陆机不能容忍卢志直呼其父祖之名，是维护高门大族的尊严，而议者以此为高。陆玩不愿与王导结亲，则出于晋室东渡之初南北士族的矛盾，以及南人对北人的轻视。庾敳不顾王夷甫的反对，"卿之不置"，并大言"我自用我法"；王述升官，"事行便拜"，不虚伪辞让；这样的自尊自信，真率坦直，只能产生在魏晋那种特定的时代与特定的环境之中。但是像辛佐治仗钺护军纪，保障了魏国的利益；陈元方直言责父友，批评了失信与无礼。这样的行为，虽出自古人，对今人也依然是有教益的。

陈元方责父友

陈太丘与友期行①，期日中，过中不至，太丘舍去，去后乃至。元方时年七岁②，门外戏。客问元方："尊君在不？"③答曰："待君久不至④，已去。"友人便怒，曰："非人哉！与人期行，相委而去。"元方曰："君与家君期日中⑤。日中不至，则是无信；对子骂父，则是无礼。"友人惭，下车引之。元方入门不顾。

【注释】

①陈太丘：即陈寔。②元方：即陈纪。③尊君：对对话人父亲的尊称。不：通"否"。④君：您。⑤家君：旧时对人称呼自己父亲为家君。

【翻译】

陈太丘与友人相约出行，约定在正午，正午过后客人还没有来，太丘便不顾他而走了，走后客人才到。元方这时年七岁，正在门外玩耍。客人问元方："你父亲在家吗？"元方回答说："等您许久您没来，已经走了。"太丘那朋友便很生气，说："真不是人啊！同人家相约出行，却丢下人家自己走了。"元方说："您同我父亲约定在正午。正午时您没来，就是不讲信用；对着儿子骂父亲，就是没有礼貌。"那友人感到惭愧，下车来拉他。元方进门而去连头都不回。

辛佐治立军门

诸葛亮之次渭滨①，关中震动②。魏明帝深惧晋宣王战③，乃遣辛毗为军司马④。宣王既与亮对渭而陈⑤，亮设诱谲万方，宣王果大忿，将欲应之以重兵。亮遣间谍觇之，还曰："有一老夫，毅然仗黄钺⑥，当军门立，军不得出。"亮曰："此必辛佐治也。"

【注释】

① 诸葛亮：三国琅邪阳都（今山东沂南南）人，字孔明。辅佐刘备建立蜀国，任蜀丞相，封武乡侯。② 关中：指函谷关以西地区。③ 魏明帝：即曹叡（ruì），三国魏沛国谯县（今安徽亳州）人，字元仲，曹丕之子。晋宣王：即司马懿，三国魏河内温县（今河南温县西）人，字仲达。仕魏任大将军，后杀曹爽专国政。晋国初建，追尊为宣王；司马炎称帝，上尊号为宣帝。④ 辛毗：三国魏颍川阳翟（今河南禹县）人，字佐治，官至卫尉。军司马：军府之官，在将军之下，综理一府事务，参与军事计划。⑤ 陈：同"阵"。⑥ 黄钺（yuè）：用黄金装饰的一种形似斧头的兵器。本为天子仪仗，但天子派大臣出师，也可授给黄钺以示威重。

【翻译】

诸葛亮驻军渭水岸边时，关中地区极为震惊。魏明帝十分惧怕晋宣王出战，便派遣辛毗出任军司马。晋宣王已同诸葛亮隔着渭水排开了阵势，诸葛亮想尽办法设计引诱挑战，晋宣王果然十分气愤，想要用重兵来应战。诸葛亮派侦探人员去窥察敌情，回来报告说："有一位老汉，坚定地拿着黄钺，面对着营门站立着，部队无法出营。"诸葛亮说："这一定就是辛佐治。"

向雄诣刘准

向雄为河内主簿①，有公事不及雄，而太守刘淮横怒②，遂与杖遣之。雄后为黄门郎③，刘为侍中④，初不交言。武帝闻之⑤，敕雄复君臣之好⑥，雄不得已，诣刘，再拜曰⑦："向受诏而来，而君臣之义绝，何如？"于是即去。武帝闻尚不和，乃怒问雄曰："我令卿复君臣之好⑧，何以犹绝？"雄曰："古之君子⑨，进人以礼，退人以礼。今之君子，进人若将加诸膝⑩，退人若将坠诸渊。臣于刘河内，不为戎首⑪，亦已幸甚，安复为君臣之好？"武帝从之。

【注释】

① 向雄：晋河内山阳（今河南焦作东）人，字茂伯，曾任御史中丞、侍中、河南尹。河内：郡名，治所在今河南沁阳。② 刘淮：《晋书·向雄传》作"刘毅"，现据其字"君平"推论，当以作"刘準"为是，"準"省作"准"，又误为"淮"。今"準"简化为"准"。刘准是晋沛国杼秋（今安徽萧县西北）人，字君平，曾任侍中、尚书仆射、司徒。③ 黄门郎：即黄门侍郎，职守为侍从皇帝，传达诏命。④ 侍中：官名。⑤ 武帝：指晋武帝司马炎，见 P30 注①。⑥ 君臣：府主与吏属之间互为君臣。⑦ 再拜：一种表示恭敬的礼节，连拜两次。⑧ 卿：你。⑨ 君子：古代对统治者或有才德之人的称呼。⑩ 诸：兼词，兼有"之于"的意思。下文"诸"字同。⑪ 戎首：发动战争的人。

【翻译】

向雄任河内郡主簿时,有一件公务并未牵涉到他,而太守刘准无端地发脾气,杖责向雄并且把他赶走。后来向雄当上了黄门郎,刘准当上了侍中,两人从来不说一句话。晋武帝知道后,命令向雄去同刘准恢复府主与臣属的情谊,向雄没有办法,只好去看刘准,再拜后说:"我受君王的诏命而来,但是我们府主与臣属之间的情义已经断绝了,有什么办法呢?"说完后便走了。晋武帝听说两人还是没有和解,便生气地责问向雄说:"我命令你去恢复府主与臣属的情谊,为什么还是绝交呢?"向雄说:"古时的君子,任用人时合于礼制,辞退人时也合于礼制。而今天的君子,任用人时恨不能把他放在膝盖上爱抚,辞退人时又恨不得把他丢到深渊下坠死。我对刘河内来说,不去充作首先发难者,也已是很幸运了,哪里再能有什么府主与臣属的情谊呢?"晋武帝只好听任他这么做。

陆士衡答卢志

卢志于众坐问陆士衡①:"陆逊、陆抗是君何物?"②答曰:"如卿于卢毓、卢珽。"③士龙失色④。既出户,谓兄曰:"何至如此? 彼容不相知也。"⑤士衡正色曰:"我父祖名播海内⑥,宁有不知? 鬼子敢尔!"⑦议者疑二陆优劣⑧,谢公以此定之。

【注释】

① 卢志:晋范阳涿县(今属河北)人,字子道,曾任卫尉卿、尚书郎。坐:同"座"。陆士衡:见 P23 注①。② 陆逊:三国吴吴郡吴县华亭(今上海松江)人,字伯言,陆机的祖父,曾任荆州牧,久镇武昌(今湖北鄂城),官至丞相。陆抗:字幼节,陆机的父亲,曾任镇军大将军、大司马、荆州牧。君:您。这里卢志对陆机的父祖直呼其名,触犯了陆的家讳(详后 P96 注②),因而陆也直呼卢志父祖之名作为报复,下文陆云惊慌失色的道理也在于此。③ 卿:你。卢毓(yù):汉末涿郡涿县(今属河北)人,字子家,卢志的祖父,入魏后曾任吏部郎、黄门侍郎、侍中。卢珽(tǐng):字子笏,卢志的父亲,仕魏任泰山太守。④ 士龙:即陆云,字士龙,曾任清河内史,世称"陆清河"。⑤ 彼:相当于第三人称代词"他",但运用时含有轻蔑语气。⑥ 海内:古人认为我国疆土四面环海,因此称国境以内为海内。⑦ 鬼子:骂人的话。据《孔氏志怪》一书所记,卢志的先人与崔氏已死之女结婚而生卢温休,温休生卢植,卢植即卢志的曾祖。⑧ 议者:魏晋期间有品评人物高下优劣的风尚,议者指评论二陆的人。

【翻译】

卢志在大庭广众之间问陆士衡:"陆逊、陆抗是您的什么人?"士衡回答说:"也就像你同卢毓、卢珽一样。"陆士龙惊慌得变了脸色。出门之后,对兄长说:"哪至于这样呢?他或许不了解我们的家世。"陆士衡严肃地说:"我们父亲与祖父二人名扬天下,难道还有不知道的? 鬼孙子竟敢如此!"当时评议二陆的人难分他们的优劣,谢公就根据这件事判定了他们的高下。

庾子嵩卿王太尉

王太尉不与庾子嵩交①,庾卿之不置②。 王曰:"君不得为尔。"庾曰:"卿自君我,我自卿卿。 我自用我法,卿自用卿法。"

【注释】

① 太尉:见 P39 注①。王太尉:即王衍。② 卿之:用"卿"来称呼他。

【翻译】

王太尉不同庾子嵩交往,庾子嵩却不住地用"卿"来称呼他以表示亲近。王太尉说:"您不可以这样称呼我。"庾子嵩说:"你自可用'君'来称呼我,我自可用'卿'来称呼你,我自可用我的一套,你自可用你的一套。"

阮宣子伐社树

阮宣子伐社树①,有人止之。 宣子曰:"社而为树,伐树则社亡;树而为社,伐树则社移矣。"

【注释】

① 阮宣子：即阮脩。社：土地神。社树：古代立社种树，作为土地神的标志。

【翻译】

阮宣子砍伐社树，有人制止他。宣子说："如果土地神只是这一棵树的话，那么砍树之后连土地神这神灵也会死去；如果这一棵树算是土地神的话，那么砍树之后土地神就会搬家了。"

阮宣子论鬼神

阮宣子论鬼神有无者，或以人死有鬼，宣子独以为无，曰："今见鬼者云，箸生时衣服①，若人死有鬼，衣服复有鬼邪？"

【注释】

① 箸（zhuó）："着"字的本来写法，意思是穿（衣、鞋）。

【翻译】

阮宣子同人讨论是否有鬼神的问题，有人认为人死之后便会有鬼，只有阮宣子认为没有，他说："现在那些自称见过鬼的人说，鬼穿的是活着时的衣服，如果人死之后有鬼，难道衣服也会有鬼吗？"

陆太尉拒婚

王丞相初在江左①，欲结援吴人②，请婚陆太尉③。对曰："培塿无松柏，薰莸不同器④。玩虽不才，义不为乱伦之始。"⑤

【注释】

① 王丞相：即王导。江左：见 P33 注④。② 吴人：汉末时江东为吴郡地域，因此后世习惯上沿称这一带为吴，称这里的土著为吴人。③ 陆太尉：即陆玩。④ 薰莸（xūn yóu）：香草与臭草。薰莸不同器：比喻门第不同的人不可共处。⑤ 乱伦：魏晋期间，门第不相当或辈分不相同的婚姻称为乱伦。

【翻译】

王丞相刚到江南时，想结交当地名门并取得他们援助，便向陆太尉请求通婚。陆太尉回答说："小土丘上长不出高大的松柏，香草与臭草也不能同置一器。我虽然无用，但按理不能做这破坏伦常的带头人。"

王述转尚书令

王述转尚书令①，事行便拜。文度曰②："故应让杜、许。"③蓝田云："汝谓我堪此不？"④文度曰："何为不堪！但克让自是美事，恐不可阙。"⑤蓝田慨然曰："既云堪，何为复让？人言汝胜我，定不如我。"⑥

【注释】

① 尚书令：见 P47 注②。② 文度：即王坦之，东晋太原晋阳(今山西太原西南)人，字文度，王述之子。曾任侍中、中书令，领北中郎将、徐兖二州刺史，死后追赠安北将军。③ 故：本来。杜、许：未详何人。④ 汝：魏晋期间，这是一个逐渐转为表示亲密关系的第二人称代词，常用于长辈对晚辈的称呼。⑤ 阙：通"缺"。⑥ 定：到底，究竟。

【翻译】

王蓝田升任尚书令，命令一下达，他立即去就职。文度说："本来还是该让一让杜、许二人。"蓝田说："你说我是否胜任这一职务？"文度说："当然胜任！不过谦让本是一桩美事，恐怕少不了要表示一下。"蓝田感慨地说："既然说是能够胜任，又为什么要谦让呢？别人都说你胜过我，我看到底还是不如我。"

王蓝田责文度

王文度为桓公长史时①，桓为儿求王女，王许咨蓝田②。既还，蓝田爱念文度，虽长大，犹抱著膝上③。文度因言桓求己女婚。蓝田大怒，排文度下膝，曰："恶见文度已复痴，畏桓温面，兵，那可嫁女与之！"文度还报云："下官家中先得婚处。"④ 桓公曰："吾知矣，此尊府君不肯耳。"⑤ 后桓女遂嫁文度儿⑥。

五、方正

【注释】

① 桓公：即桓温。长史：见 P51 注①。② 蓝田：即王述。③ 著：见 P44 注②。④ 下官：属吏对府主自称为下官。⑤ 尊府君：这里等于说您父亲。王述曾任临海太守，所以可称府君。⑥ 桓女遂嫁文度儿：魏晋期间注重门第贵贱，门第不相当一般不通婚，但寒门之女可嫁名门，而名门之女则不可下嫁寒族。

073

【翻译】

王文度任桓公长史时，桓公为自己儿子请求与文度女儿通婚，文度答应回去问一问蓝田。回家后，蓝田喜爱文度，虽然又高又大，还是抱他坐在自己膝头上。文度趁便说到桓公求婚的事。蓝田十分生气，把文度推下膝来，说："不想看到文度又发痴了，只顾忌桓温的情面，当兵的人家，哪能把女儿嫁给他们呢！"文度回复桓公说："我家中已经先有了婚约。"桓公说："我知道了，这是您父亲不肯罢了。"后来桓公便把女儿嫁给了文度的儿子。

六、雅 量

　　雅量，意思是恢宏不凡的气度，在《世说新语》中，它往往指一种"泰山崩于前而色不变"的修养气度，这是魏晋人物识鉴中一条相当重要的标准。

　　汉末的社会大动荡，冲垮了传统的礼教，同时也解放了人们的思想。传统的对于道德的尊崇转而为对于人格的尊崇。同时，动荡的时代召唤英雄，而英雄最必需的素质便是坚强的个性。这就是为什么魏晋士人和《世说新语》作者都特别重视"雅量"的原因。

　　不过，尽管同样表现为恢宏不凡的气度，各人的动因与目的却不尽相同。嵇康因拒绝与篡权者司马氏合作而惨遭杀害，他临刑东市，索琴奏《广陵散》，是为了表示对浊世的鄙视；王羲之坦腹东床，是出于对富贵的漠然；谢安闻淮上大捷，"意色举止，不异于常"，又多少带有些矫情镇物的意图；至于顾雍闻子凶信，强自作达，"以爪掐掌，血流沾褥"，这其实已谈不上什么雅量

了。仔细体味这些条目,不仅能了解其时的特

殊风尚,也能辨析出人物的不同性格。

顾雍丧子

豫章太守顾邵①,是雍之子②。 邵在郡卒。 雍盛集僚属自围棋,外启信至,而无儿书,虽神气不变,而心了其故,以爪掐掌,血流沾褥。 宾客既散,方叹曰:"已无延陵之高③,岂可有丧明之责?"④于是豁情散哀,颜色自若。

【注释】

① 豫章:郡名,治所在今江西南昌。顾邵:袁氏本《世说新语》作"顾劭",现据王先谦校订本《世说新语》改。顾邵是三国吴吴郡吴县(今江苏苏州)人,字孝则。任豫章太守五年,死于任上。② 雍:即顾雍,字元叹,顾邵之父。曾任会稽丞,行太守事,在吴任丞相,执政十九年。③ 延陵之高:延陵本为春秋时吴国贵族季札的封邑,在今江苏武进,这里用延陵代指季札。据《礼记》记载,季札在儿子死后埋葬时,很平静地说:骨肉重新回到土里,是命里注定的;至于他的魂魄,则到处都可以存在。孔子评价他这种态度合于礼。顾雍用"延陵之高"来表示对丧子持坦然的态度。④ 丧明之责:丧明指丧失视力。《礼记》中说,子夏死了儿子后把眼睛哭瞎了,曾子批评他的这种行为,子夏听后连连认错。这里用"丧明之责"来表示儿子死后因哀毁过礼

而受到责备。

【翻译】

　　豫章太守顾邵，是顾雍的儿子。顾邵在太守任上死了。顾雍会集府中下属官员下围棋时，门外报告说使者来了，却没有儿子的书信，顾雍虽然脸上神态没有变化，但是心里已经完全明白了是什么缘故，他用指甲使劲地掐着掌心，血都流到了坐褥上。宾客散去后，他才叹息说："我已经无法做到像延陵季子那样旷达了，难道还能像子夏哭瞎眼睛那样受到别人的指责吗？"于是排解了悲哀的心情，脸色也就坦然自若了。

嵇中散临刑东市

　　嵇中散临刑东市①，神气不变，索琴弹之，奏《广陵散》②。 曲终，曰："袁孝尼尝请学此散③，吾靳固不与，《广陵散》于今绝矣！"太学生三千人上书④，请以为师，不许。 文王亦寻悔焉⑤。

【注释】

　　① 中散：即中散大夫，参与议论政事，是一种闲散职任。嵇中散：即嵇康。东市：洛阳东门外马市。②《广陵散》：琴曲名，又称《广陵止息》。全曲分小序、大序、正声、乱声、后序五大部分，共四十五段，是篇幅最长的琴曲之一。后人推测即《聂政刺韩王曲》。③ 袁孝尼：三国魏陈郡

阳夏(今河南太康)人,名准,字孝尼,入晋后,官至给事中。
④ 太学生:太学是我国古代的最高学府,其中的学生称为
太学生。⑤ 文王:指晋文王司马昭。

【翻译】

　　嵇中散在东市被杀时,神态不变,向人要过琴来弹奏,
弹了一曲《广陵散》。曲子奏完,他说:"袁孝尼曾经向我请
求学习这支曲子,我没有舍得传授给他,《广陵散》从今以
后断绝了!"当时有三千名太学生联名给朝廷写奏章,请求
能赦免他让他当老师,但没有得到准许。晋文王不久也后
悔了。

诸小儿取李

　　王戎七岁①,尝与诸小儿戏。看道边李树多子折
枝,诸儿竞走取之,唯戎不动。人问之,答曰:"树在
道边而多子,此必苦李。"取之信然。

【注释】

　　① 王戎:西晋琅邪临沂(今属山东)人,字濬冲,"竹林
七贤"之一,官至尚书令、司徒,进爵安丰县侯。

【翻译】

　　王戎七岁时,曾同小孩子们一道玩耍。看见路边的李
树上果实多得把树枝都压断了,孩子们都争着跑去摘李

子,只有王戎不动。有人问他为什么不去,他回答说:"树在路边却还有这许多果实,一定是苦的李子。"摘下来一尝,果然是这样。

庾子嵩答太傅

刘庆孙在太傅府①,于时人士多为所构,唯庾子嵩纵心事外,无迹可间。后以其性俭家富,说太傅令换千万,冀其有吝,于此可乘。太傅于众坐中问庾②,庾时颓然已醉③,帻堕几上④,以头就穿取,徐答云:"下官家故可有两娑千万⑤,随公所取。"于是乃服。后有人向庾道此,庾曰:"可谓以小人之虑,度君子之心。"

【注释】

① 刘庆孙:晋中山魏昌(今河北无极)人,名舆,字庆孙,曾任宰府尚书郎、颍川太守、东海王司马越长史。太傅:官名。这里指司马越,西晋河内温县(今河南温县西)人,字元超。封东海王,历任中书令、司空、太傅,代表皇族势力专擅国政。② 坐:同"座"。③ 颓然:瘫下来的样子。④ 帻(zé):包头巾,中空顶圆,形制如帽子。⑤ 下官:属下对上司的自称。故:本来。娑(suō):"三"字的转音,两娑千万就是两三千万(据刘盼遂《世说新语校笺》说)。

【翻译】

刘庆孙在司马太傅府任职时,当时的人士很多受到他的陷害,只有庾子嵩放任自适,不问政事,没有什么把柄可被抓住。后来由于庾子嵩生性节俭家内富有,刘庆孙便撺掇太傅向他借贷一千万钱,巴望他有所吝惜,那么就有机可乘了。太傅在大庭广众之中问庾子嵩,庾当时已经醉倒,帻巾掉在几案上,他用头凑上去戴起来,慢悠悠地回答说:"我家中确实能有两三千万,随您取用。"刘庆孙这才服了他。后来有人向庾子嵩说到这件事,庾子嵩说:"这真可说是以小人之心度君子之腹。"

料 财 蜡 屐

祖士少好财①,阮遥集好屐②,并恒自经营,同是一累,而未判其得失。 人有诣祖,见料视财物,客至,屏当未尽,馀两小簏箸背后③,倾身障之,意未能平。 或有诣阮,见自吹火蜡屐,因叹曰:"未知一生当箸几量屐?"④神色闲畅。 于是胜负始分。

【注释】

① 祖士少:东晋范阳遒县(今河北涞水北)人,名约,字士少。继其兄祖逖(tì)后任平西将军、豫州刺史。② 阮遥集:东晋陈留尉氏(今属河南)人,名孚,字遥集,曾任侍中、吏部尚书、广州刺史。屐(jī):用木头或草、帛制成底的有齿的鞋子,践泥后可洗涤干净。③ 箸:这里的意思是放置。④ 量:通"緉",双(量词)。

六、雅量

【翻译】

祖士少喜爱钱财，阮遥集喜爱木屐，都常常亲自料理，同样是一种牵累，因而人们无法分出他们的优劣。有人到祖士少那里去，看见他正在查点财物，客人来了，没来得及收拾完，剩下两只小竹箱放在背后，斜过身子来遮住它，心情不能恢复平静。有人到阮遥集那里去，看见他正在吹火给木屐涂蜡，随即感叹地说："不知这一辈子能穿几双木屐？"神态悠闲舒适。于是两人的高下才有了分晓。

坦腹东床

郗太尉在京口①，遣门生与王丞相书②，求女婿。丞相语郗信："君往东厢，任意选之。"门生归，白郗曰："王家诸郎亦皆可嘉，闻来觅婿，咸自矜持，唯有一郎在东床上坦腹卧，如不闻。"郗公曰："正此好！"访之，乃是逸少③，因嫁女与焉。

【注释】

① 太尉：袁氏本《世说新语》"太尉"误为"太傅"，现据《太平御览》卷三百七十一、卷四百四十四引《世说》改。郗太尉：即郗鉴，晋高平金乡（今属山东）人，字道徽，曾任领军、司空、太尉。京口：古城名，故址在今江苏镇江。② 王丞相：即王导。③ 逸少：即王羲之。

【翻译】

郗太尉在京口时，派门客送给王丞相一封信，想在王家找一位女婿。王丞相对郗太尉的使者说："您到东厢房里去，任意挑选好了。"门客回去后，禀告郗太尉："王家各位公子都值得赞美，听说来选女婿，各自做出一副庄重严肃的样子，只有一位公子在靠东边的床上裸出肚子躺着，好像没听见此事一样。"郗公说："就这一位好！"派人去查访，原来是逸少，于是便把女儿嫁给了他。

谢太傅盘桓东山

谢太傅盘桓东山时①，与孙兴公诸人泛海戏②。风起浪涌，孙、王诸人色并遽③，便唱使还。太傅神情方王④，吟啸不言。舟人以公貌闲意说⑤，犹去不止。既风转急，浪猛，诸人皆喧动不坐。公徐云："如此，将无归？"⑥众人即承响而回。于是审其量，足以镇安朝野。

【注释】

① 盘桓：徘徊，逗留。东山：山名，在今浙江上虞县西南。谢安早年隐居于此。② 孙兴公：见P60《披锦简金》注①。③ 王：指王羲之。④ 王：通"旺"。⑤ 说（yuè）：同"悦"。⑥ 将无：表拟测的语气词，相当于"大概"。

【翻译】

谢太傅在东山隐居时,同孙兴公等人在海上游乐。风起浪涌,孙、王等人神色惊惧,高喊着要回去。谢太傅却兴致正浓,仍然吟咏长啸,不说一句话。船夫见他神态悠闲愉悦,依旧驾船前行。待到风势转急、浪头更猛之后,大家都喊叫惊扰,坐不住了。谢公这才慢悠悠地说:"既然如此,莫不是要回去吧?"大家随即应声而回。从这件事上,人们看清楚了他的度量,完全能够安定天下。

淮 上 信 至

谢公与人围棋,俄而谢玄淮上信至①,看书竟,默然无言,徐向局。 客问淮上利害,答曰: "小儿辈大破贼。"意色举止,不异于常。

【注释】

① 淮上:淝水大战发生在淮河流域,淮上即指大战的前线。

【翻译】

谢公同客人下围棋,不一会儿,谢玄从淝水前线派来的使者到了,谢公看完信,默不作声,慢慢地转向棋局。客人问到前线胜负的情况,他回答说:"孩子们大破了敌军。"说话时的神态举动,与平常没有任何不同。

七、识　鉴

　　《识鉴》《赏誉》《品藻》三门都同汉末至魏晋的人物品鉴直接相关。识鉴指对人物品格才能的认识与鉴定。由《识鉴》门可以看到汉末魏晋不同时期识鉴之风的不同特点。汉代人物识鉴直接为遴选官僚服务，所以汉末大名士乔玄对青年曹操的评语是"乱世之英雄，治世之奸贼"，并断言他日后定将富贵。《三国志》《后汉书》等史籍也证明，曹操确是出于乔玄等名士的推重才开始发迹的。由此足见名士评语在汉末文人仕途上的重要作用。至于汉代的识鉴方法，则主要是骨相之法。《识鉴》门虽未对此作直接描写，但通过潘阳仲品鉴王敦却可以看出汉代相法在西晋的流风余韵。经过汉末到西晋的演变，东晋时的人物识鉴之法有了根本的改变。人们不再单凭一个人的相貌来判别他的内心，而是注重人物平日的言行表现来鉴别其品行才能的高下。如刘惔通过桓温赌博时的"不必得，则不为"，断言他西征必能克蜀；郗超通过谢玄平日的知人善任断言他北讨必能立勋等等。比起骨相之法来，这样的识鉴方法是较有科学性的。

还应指出的是，作者通过郗超之口，既描写了谢玄的过人才能，也表现了郗超自己"不以爱憎匿善"的品格。这种一笔写两人的独特手法，为本书作者所惯用，我们在阅读时应多加注意。

乔玄谓曹公

曹公少时见乔玄①，玄谓曰："天下方乱，群雄虎争，拨而理之，非君乎？ 然君实是乱世之英雄，治世之奸贼。 恨吾老矣，不见君富贵，当以子孙相累。"②

【注释】

① 曹公：即曹操，三国谯郡谯（今安徽亳州）人，字孟德，小字阿瞒。汉末位至丞相、大将军，封魏王，专擅国政。其子曹丕代汉称帝，追尊为魏武帝。乔玄：汉末睢阳（今河南商丘）人，字公祖，官至尚书令。② 累：牵累。

【翻译】

曹公年轻时去见乔玄，乔玄对他说："现在天下正动乱，各路英雄像虎一样地争斗，能够拨乱反正治好国家的，不就是您了吗？ 但您实在是动乱时代的英雄，太平盛世的奸贼。 遗憾的是我已经老了，见不到您大富大贵了，我就把子孙拜托给您啦。"

潘阳仲谓王敦

潘阳仲见王敦小时①，谓曰："君蜂目已露②，但豺声未振耳③。必能食人，亦当为人所食。"

【注释】

① 潘阳仲：晋河南荥（xíng）阳（今河南荥阳东北）人，名滔，字阳仲，曾任洗马、河南尹。王敦：东晋琅邪临沂（今属山东）人，字处仲。西晋时曾任扬州刺史、镇东大将军，握有重兵；东晋时又任大将军、荆州牧，曾起兵攻入建康（今江苏南京），谋划篡夺司马氏政权。后再次进兵建康时，在军中病死。② 蜂目：比喻眼睛突露的容貌。据《左传·文公元年》记载，楚成王将立商臣为太子，征求令尹子上的意见，子上认为商臣蜂目而豺声，是极为残忍的人，不可立为太子。后来就用蜂目豺声形容为人的凶悍。③ 豺声：比喻说话尖利的声音。振：指声音响起来。

【翻译】

潘阳仲在王敦年少时见到了他，对他说："您的眼睛已如蜂目突露，只是说话尚未像豺声那样尖利而已。将来您一定能够吞噬他人，但也将被他人所吞噬。"

石勒使人读《汉书》

石勒不知书①，使人读《汉书》②，闻郦食其劝立六国后③，刻印将授之，大惊曰："此法当失，云何得遂有天下？"至留侯谏④，乃曰："赖有此耳！"

【注释】

① 石勒：十六国时期后赵的建立者，上党武乡（今山西榆社北）人，字世龙，羯族。曾聚众起义，于晋元帝大兴二年（319）自称赵王，建立后赵政权，晋成帝咸和四年（329）灭前赵，称帝后不久病死。②《汉书》：东汉班固撰，是一部记载西汉王朝主要事迹的史书，也是我国第一部纪传体的断代史。③ 郦食其(yì jī)：西汉陈留高阳（今河南杞县）人，曾献计刘邦攻下陈留，被封为广野君。六国：指战国期间函谷关以东的楚、齐、燕、韩、赵、魏六国。④ 留侯：即张良，汉初大臣，传为城父（今安徽亳州）人，字子房。曾在博浪沙椎击秦始皇未中，后率众归汉，是刘邦的重要谋士。汉朝建立，封为留侯。

【翻译】

石勒不识字，让人给他读《汉书》，听到郦食其劝刘邦立六国的后代为王，刻好印章将要颁下，十分吃惊，说："这个办法定会失败，可为什么最终又能得到天下呢？"当听到留侯劝止时，才说："正是靠了这次劝止啊！"

张季鹰在洛

张季鹰辟齐王东曹掾^①，在洛^②，见秋风起，因思吴中菰菜羹、鲈鱼脍^③，曰："人生贵得适意尔，何能羁宦数千里以要名爵？^④"遂命驾便归。俄而齐王败，时人谓为见机。

【注释】

① 张季鹰：西晋吴郡吴县（今江苏苏州）人，名翰，字季鹰，曾任大司马东曹掾，后因思乡弃官。齐王：即司马冏，晋河内温县（今河南温县西）人，字景治。袭父位为齐王，曾任平东将军、镇东大将军、大司马，辅佐国事，后被司马乂（yì）所杀。曹：古代分职治事的部门。东曹掾：东曹中的属官。② 洛：见 P18 注②。③ 吴中：参见 P71 注②。菰菜羹：《太平御览》卷二十五引《世说》作"莼菜羹"，《晋书·张翰传》作"菰菜、莼羹"。莼羹，见 P23 注④。脍（kuài）：切得很细的鱼肉。④ 羁宦：旅居外地做官。要：通"邀"。

【翻译】

张季鹰被任命为齐王的东曹掾属，在洛阳做官，见刮起了秋风，于是想到江南家乡的茭白菜、莼菜羹和鲈鱼脍，说："人一生最宝贵的就是能顺适自己的心意罢了，哪能一直呆在数千里之外任官来求取声名爵位呢？"随即命令驾好车马返回家乡。不久以后齐王被杀，当时的人都认为他有先见之明。

桓公将伐蜀

桓公将伐蜀①，在事诸贤咸以李势在蜀既久②，承藉累叶，且形据上流，三峡未易可克。刘尹云③："伊必能克蜀。观其蒲博④，不必得则不为。"

【注释】

① 伐蜀：见 P41 注⑦。② 李势：十六国时期成国的统治者，略阳临渭（今甘肃秦安东南）人，字子仁，巴氏族。桓温伐蜀，他投降后被封为归义侯。③ 刘尹：即刘惔。④ 蒲博：古代的一种博戏，流行于汉魏，晋代尤盛，以掷骰决胜负，以骰色分高下。后来成为赌博的通称。

【翻译】

桓公将要讨伐蜀地，参与其事的各位贤士都认为李势占领蜀地已经很久，历代承袭有很多可以依恃的条件，同时在地形上又占据上游，三峡地区也不容易通过。只有刘尹说："他一定能攻克蜀地。这从他赌博上就可以看出，不能确定得胜的事，他一定不去做。"

郗超与谢玄不善

郗超与谢玄不善①。苻坚将问晋鼎②，既已狼噬梁、岐③，又虎视淮阴矣④。于时朝议遣玄北讨，人间颇有异同之论⑤。唯超曰："是必济事。吾昔尝与共在桓宣武府⑥，见使才皆尽，虽履屐之间⑦，亦得其任。以此推之，容必能立勋。"玄功既举，时人咸叹超之先觉，又重其不以爱憎匿善。

【注释】

① 郗超：东晋高平金乡（今属山东）人，字景兴（或作敬舆），一字嘉宾。曾任桓温参军、中书侍郎，桓温死后离职。② 苻(fú)坚：袁氏本《世说新语》作"符坚"，现据影宋本《世说新语》改。苻坚是十六国时期前秦皇帝，略阳临渭（今甘肃秦安东南）人，一名文玉，字永固，氐族。初为东海王，后自立为帝，统一了北方大部分地区，并夺取东晋益州。淝水大败后，被羌族首领姚苌擒杀。鼎：相传夏禹以鼎作为传国重器，得天下者才能据有。后以此比喻国家政权。③ 梁：州名，治所在今陕西汉中。岐：山名，在今陕西岐山县东北。④ 阴：水的南面。⑤ 异同：不同。这里"异同"连用，是复词偏义，偏指"异"，"同"字无义。⑥ 桓宣武：即桓温。⑦ 履：一种用草、麻、皮、丝之类制成的单底鞋子，可供正式场合穿着。屐：见 P79 注②。履屐：这里比喻琐细小事。

【翻译】

郗超同谢玄不相和睦。当时苻坚正想夺取晋王朝政权，已经像恶狼一样吞并了梁州、岐山一带地区，又虎视眈眈地企图侵占淮河以南广大领土。这时朝廷中商议派遣谢玄北上讨伐，人们对此颇有不同看法。只有郗超说："这个人去一定能成功。我过去曾经同他一道在桓宣武府中共事，发现他用人时能人尽其才，即使是一些琐细的小事，也能处理得恰如其分，从这些事推断，想来是一定能建立功勋的。"谢玄大功告成后，当时的人都赞叹郗超有先见之明，同时又推重他不因为个人的好恶而埋没别人的才能。

谢玄北征后

韩康伯与谢玄亦无深好①，玄北征后，巷议疑其不振。康伯曰："此人好名，必能战。"玄闻之甚忿，常于众中厉色曰："丈夫提千兵②，入死地，以事君亲故发③，不得复云为名！"

【注释】

① 韩康伯：东晋颍川长社（今河南长葛东）人，名伯，字康伯，曾任豫章太守、吏部尚书、将军领军。② 丈夫：这里等于说大丈夫。③ 君亲：君王。这里"君亲"连用，是复词偏义，偏指"君"，"亲"字无义。

【翻译】

韩康伯与谢玄并没有什么深厚的交情，谢玄北上征讨苻坚之后，街谈巷议都怀疑他不会有什么作为。康伯说："这个人很喜爱声名，一定能同敌人死战。"谢玄听到这些话后很气愤，常在大庭广众之间声色俱厉地说："大丈夫率领军队出生入死，是为了效忠君王才这么做的，不能再说什么为了声名！"

八、赏　誉

　　赏誉指对人物品格才能之美的欣赏赞誉。如果说，通过《识鉴》门可以看出汉末魏晋人物识鉴的不同目的与方法，那么，在《赏誉》门中则可以看出汉末魏晋人物识鉴的不同标准。汉末往往以是否"治国之器"来衡量人物，魏晋则更重视为人的真率耿直，处世的清淡寡欲，举止言谈的俊逸潇洒，以及人物多方面的杰出才华。

　　为了使人物抽象的品格才能之美较为具体地展现在人们眼前，魏晋士人在清谈中广泛采用了以自然美映衬比附人格美的方法，《世说新语》的作者也把这一手法应用于自己的文学创作之中，《赏誉》门突出地体现了这一特点。例如许询与晋简文帝司马昱在"风恬月朗"的夜晚促膝谈诗，王恭看到"清露晨流，新桐初引"的美景便想起了潇洒清疏的王忱，风物之美与人物的才情之美巧妙地糅合在一起，给人以高度的艺术享受。

裴清通，王简要

王濬冲、裴叔则二人①，总角诣钟士季②，须臾去。后客问钟曰："向二童何如？"钟曰："裴楷清通，王戎简要。后二十年，此二贤当为吏部尚书③，冀尔时天下无滞才。"④

【注释】

① 王濬冲：即王戎。裴叔则：西晋河东闻喜（今属山西）人，名楷，字叔则，曾任河南尹、侍中、中书令。② 钟士季：即钟会。③ 吏部尚书：吏部是古代掌管官吏任免、考课、升降、调动等事务的官署，其长官为吏部尚书。④ 滞才：指得不到官职的人才。

【翻译】

王濬冲、裴叔则二人小时候到钟士季那里去，过了片刻两人走了。随后门客问钟士季："您看刚刚那两个小孩子怎么样？"钟士季说："裴楷清朗通达，王戎简练切要。二十年后，这两位贤人将要当上吏部尚书，希望那时候天下不会有漏选的人才。"

郭弈三叹羊叔子

羊公还洛①，郭弈为野王令②，羊至界，遣人要之，郭便自往。既见，叹曰："羊叔子何必减郭太业！"复往羊许，小悉还，又叹曰："羊叔子去人远矣！"羊既去，郭送之弥日，一举数百里，遂以出境免官。复叹曰："羊叔子何必减颜子！"③

【注释】

① 羊公：即羊祜(hù)，西晋泰南南城(今山东费县西南)人，字叔子。曾以尚书左仆射都督荆州诸军事，出镇襄阳(今湖北襄阳)，屡请出兵灭吴，未能实现。洛：见 P18 注②。② 郭弈：当据《晋书·郭奕传》作"郭奕"。郭奕是西晋太原阳曲(今山西定襄)人，字太业，曾任雍州刺史、尚书。野王：县名，治所在今河南沁阳。③ 子：见 P37 注⑦。颜子：即颜回，春秋时期鲁国人，字子渊，孔子的高足弟子，在孔门中以德行著称。

【翻译】

羊公回洛阳去，当时郭奕正在野王当县令，羊公到了县界，郭奕派人先把他截住，随后自己又亲自赶到。见面后，赞叹说："羊叔子哪能会比不上我郭太业呢！"随后到了羊公的住所，过了一会儿回来，又赞叹说："羊叔子超出人很多啊！"羊公离去时，郭奕整日送他，一下便送出几百里路，于是因为私离职守而免官。他还是赞叹羊公说："羊叔子哪能会比不上颜渊呢！"

卫伯玉奇乐广

卫伯玉为尚书令①，见乐广与中朝名士谈议②，奇之，曰："自昔诸人没已来③，常恐微言将绝，今乃复闻斯言于君矣！"命子弟造之，曰："此人，人之水镜也④，见之若披云雾睹青天。"

【注释】

① 卫伯玉：西晋河东安邑（今山西夏县北）人，名瓘（guàn），字伯玉。魏末任廷尉卿，入晋后曾任尚书令、司空、太保。② 乐广：见P47注②。中朝：晋室南渡后，因西晋京都在中原地区，所以称西晋为中朝，也可称西晋京都洛阳为中朝。这里指洛阳。谈议：这里指清谈。③ 诸人：指常与卫瓘谈论的何晏、邓飏等人。没（mò）：死，同"殁"。已：通"以"。④ 水镜：比喻人的识见清明。

【翻译】

卫伯玉担任尚书令时，看见乐广在同洛阳的名士们清谈，认为乐广很有奇才，对他说："自从过去那些善于清言的人去世以来，我常常担心这些精妙的言论将要断绝，不想现在却又从您这里听到了这些话！"于是命令自己的子侄后辈去拜访乐广，并且说："这个人，就好像人中的水和镜一样，见到他如同拨开云雾见到了青天。"

陆 机 兄 弟

蔡司徒在洛①，见陆机兄弟住参佐廨中②，三间瓦屋，士龙住东头，士衡住西头。士龙为人，文弱可爱；

士衡长七尺余③，声作钟声，言多慷慨。

【注释】

①司徒：官名，掌管教化，但至两晋时期已有职无权，只表示对大臣的尊崇。蔡司徒：即蔡谟（mó），晋陈留考城（今河南兰考东南）人，字道明，曾任义兴太守、扬州刺史、司徒。②陆机兄弟：指陆机、陆云。③七尺：晋尺短于今尺，晋七尺相当于今1.72米左右。

【翻译】

蔡司徒在洛阳时，看到陆机、陆云兄弟二人住在僚属的官署中，三间瓦房，士龙住在东边，士衡住在西边。士龙的为人，文雅纤弱很可爱；士衡则身高七尺有余，说话像钟声一样洪亮，言辞大多慷慨激昂。

皮里阳秋

桓茂伦云①："褚季野皮里阳秋。"②谓其裁中也。

【注释】

①桓茂伦：晋谯国龙亢（今安徽怀远西）人，名彝，字茂伦，曾任中书郎、尚书吏部郎。②阳秋：本当为"春秋"，东晋人避简文帝郑太后阿春的名讳，改称"阳秋"。"春秋"原为书名，因其深含褒贬之义，又可借以表示褒贬。皮里阳秋：指表面对人与事不作评论，而内心却有所褒贬。

【翻译】

桓茂伦说："褚季野肚里自有评论是非的章法。"这是说他只在内心有所裁定。

王蓝田言家讳

王蓝田拜扬州①，主簿请讳②，教云③："亡祖先君④，名播海内，远近所知；内讳不出于外。馀无所讳。"

【注释】

① 王蓝田：即王述。扬州：州名，治所在今江苏南京。② 讳：这里指家讳，即子孙在说话或行文中，避免提到父祖的名字。晋代最重家讳，官员上任，僚属要先问上司的家讳，叫做请讳，以防其后在无意之中触犯。③ 教：指府主对僚属所下的文书或批示。④ 亡祖：指王湛，字处仲，曾任汝南内史。先君：指王承。

【翻译】

王蓝田就任扬州刺史时，主簿向他请示家讳有些什么字，他回答说："我已去世的祖父与父亲，名扬天下，远近都知道；而妇人的名讳不传出家外。其余没有什么可避讳的。"

掇皮皆真

谢公称蓝田①："掇皮皆真。"

【注释】

① 蓝田：指王述。

【翻译】

谢公称赞王蓝田："去掉他的皮，显露出的就全部是纯真。"

桓温经王敦墓

桓温行经王敦墓边过①，望之云："可儿②！可儿！"

【注释】

① 王敦：见 P85 注①。② 可儿：即可人，意思是称人心意的人。王敦谋反前以开朗朴实而获得"可儿"的好声名，死后只受人唾弃。这里桓温依旧称赞他，正反映他引王敦为同类的心理。

【翻译】

桓温经过王敦的坟墓边，望着坟墓说："可意的人啊！可意的人啊！"

处长亦胜人

王仲祖称殷渊源①："非以长胜人，处长亦胜人。"

【注释】

① 王仲祖：即王濛。殷渊源：即殷浩。

【翻译】

王仲祖称赞殷渊源："不但凭着他的长处超过别人，而且在对待自己的长处方面也超过别人。"

人可应无，己必无

王长史道江道群①："人可应有，乃不必有；人可应无，己必无。"

【注释】

① 王长史：即王濛。江道群：东晋陈留圉（yǔ，今河南杞县南）人，名灌，字道群，曾任尚书、中护军、吴郡太守。

【翻译】

王长史称述江道群："人应当有的品行，他不一定就有；人应当没有的品行，他却一定没有。"

才情过于所闻

许玄度送母始出都①，人问刘尹②："玄度定称所闻不？"③刘曰："才情过于所闻。"

【注释】

① 许玄度：东晋高阳（治所在今河北蠡县南）人，名询，字玄度。曾被征召为司徒掾、议郎，均未就职，隐居于永兴西山（今浙江萧山）。都：这里指东晋京都建康（今江苏南京）。② 刘尹：即刘惔。③ 定：到底，究竟。

【翻译】

许玄度刚刚送母亲出了京都，便有人问刘尹："玄度的为人同传闻究竟相称不相称？"刘尹回答说："他的才华超过传闻。"

共游白石山

孙兴公为庾公参军①，共游白石山②，卫君长在坐③。孙云："此子神情都不关山水④，而能作文？"庾公曰："卫风韵虽不及卿诸人，倾倒处亦不近。"孙遂沐浴此言⑤。

【注释】

① 孙兴公：即孙绰。庾公：即庾亮。参军：晋代军府

和王国的僚属,参与军务,职任颇重。② 白石山:山名,在今江苏溧水北。③ 卫君长:东晋济阴成阳(今属山东)人,名永,字君长,官至左军长史。④ 子:对人的尊称。都:全。⑤ 沐浴:比喻"沉浸于……之中"。

【翻译】

孙兴公任庾公参军时,一道去白石山游赏,卫君长也在座。孙兴公对庾公说:"这位先生的神情意态毫不关注水光山色,而写出文章?"庾公说:"他的风度韵致虽然比不上你们诸位,但也有许多令人钦佩之处。"孙兴公于是经常玩味这句话。

胜 我 自 知

王长史云①:"刘尹知我②,胜我自知。"

【注释】

① 王长史:即王濛。② 刘尹:即刘惔。

【翻译】

王长史说:"刘尹了解我,超过我了解自己。"

谢太傅道安北

谢太傅道安北①:"见之乃不使人厌,然出户去,不复使人思。"

【注释】

① 安北：将军的名号，即安北将军，这里指王坦之。

【翻译】

谢太傅评论安北将军王坦之："见到他并不使人生厌，但是他出门走后，又不再让人思念。"

许掾诣简文

许掾尝诣简文①，尔夜风恬月朗，乃共作曲室中语。襟情之咏，偏是许之所长，辞寄清婉②，有逾平日。简文虽契素③，此遇尤相咨嗟，不觉造膝④，共叉手语⑤，达于将旦。既而曰："玄度才情，故未易多有许。"⑥

【注释】

① 许掾：即许询。简文：即简文帝司马昱（yù），东晋河内温县（今河南温县西）人，字道万，晋元帝的小儿子。初封会稽王，后任丞相、录尚书事，秉持国政；晋废帝被废后，即位为皇帝。死后谥为简文。② 辞寄清婉：情意寄托的言词清丽婉转。③ 契素：一贯情意投合。④ 造膝：至于膝前。古人交谈时常膝头相近，表示亲热。⑤ 叉手：执手。古人交谈时常执手而言，表示敬意与欢情。⑥ 许：这样，如此。

【翻译】

许掾曾经到简文帝那里去,这一夜风静月明,于是一道在幽室中贴心地谈话。抒发情怀抱负的诗文,许掾最为擅长,言词清丽婉约,超过了平日。简文帝虽然同他一贯相知很深,这次会晤更为赞赏,不知不觉中移坐到他的膝头之前,执手而语,一直谈到东方将亮。过后简文帝说:"玄度的才情,还很少有这样表露呢。"

范豫章谓其甥

范豫章谓王荆州①:"卿风流俊望,真后来之秀。"②王曰:"不有此舅,焉有此甥?"

【注释】

① 范豫章:即范宁,东晋安阳顺阳(今河南淅川东)人,字武子,曾任中书郎、豫章太守。王荆州:即王忱。范宁与王忱是舅甥关系。② 秀:指特别优异的人才。

【翻译】

范豫州对王荆州说:"你超逸英俊,声名不凡,真是后起之秀。"王荆州说:"没有您这样的舅舅,哪有我这样的外甥?"

王大故自濯濯

王恭始与王建武甚有情①，后遇袁悦之间②，遂致疑隙，然每至兴会，故有相思时。恭尝行散至京口射堂③，于时清露晨流，新桐初引④，恭目之曰⑤："王大故自濯濯。"⑥

【注释】

① 王恭：见 P13 注①。王建武：即王忱。② 袁悦：东晋陈郡阳夏（今河南太康）人，字元礼，官至骠骑咨议。③ 行散(sǎn)：魏晋时人喜欢服用一种名叫五石散的药，服后须漫步以散发药性，称为行散。射堂：练习射箭的场所。④ 引：伸长。⑤ 目：魏晋期间对人物的评议、品题叫做目。⑥ 故：见 P14 注⑤。濯(zhuó)濯：明净清新的样子。

【翻译】

王恭起初同王建武的感情很好，后来遭到袁悦的离间，才造成了猜疑隔阂，但是每逢高兴的时候，依旧相互思念。王恭曾在服用五石散后漫步到京口的射场去，当时清澈的露珠在晨光中滚动，初生的桐枝探出新芽，王恭见此想起了王建武，评论他说："王大真是清朗而又明净。"

孝伯常有新意

王恭有清辞简旨，能叙说，而读书少，颇有重出。

有人道："孝伯常有新意，不觉为烦。"

【翻译】

　　王恭的谈论言辞清脱，意旨简约，善于叙说，但读书较少，常有重复的地方。有人评论他："常有新的立意，因此也不觉得他厌烦。"

九、品　藻

　　品藻的意思是鉴别流品。在《品藻》门中，作者往往把那些互有关联的人物，如父子、兄弟、同僚、朋友，或气质相近者，放在一起进行比较，以区别其优劣高下。这类评鉴活动，当事人也不回避，并且总是自视甚高。如王敦认为同自己的四位朋友相比，最强的还是他本人；王羲之、王献之父子同以书法名世，献之却自以为胜过其父一筹；温峤听别人评论南渡功臣，第一流快说完了还没有提到自己，便急得脸上失色。从传统观念来看，这似乎是一种不谦逊的表现，但它恰恰反映了魏晋时期知识分子思想的解放。长期以来，知识分子在儒家思想下受到的束缚，随着魏晋时期儒学统治地位的削弱而逐渐消失，代之而起的是人的强烈的自信与自尊。殷浩所谓"我与我周旋久，宁作我"，便是这种自信与自尊的高度体现。

诸葛门三兄弟

诸葛瑾、弟亮及从弟诞①，并有盛名，各在一国。于时以为蜀得其龙②，吴得其虎③，魏得其狗④。诞在魏，与夏侯玄齐名⑤；瑾在吴，吴朝服其弘量。

【注释】

① 诸葛瑾：三国琅邪阳都（今山东沂南南）人，字子瑜。仕吴任长史、南郡太守，孙权称帝后，官至大将军。亮：即诸葛亮，见 P65 注①。诞：即诸葛诞，字公休，仕魏任镇东将军、司空。据裴松之《三国志注》载，诸葛诞只是诸葛瑾的族弟，而不是堂弟。② 蜀：即蜀汉，三国之一，刘备建立的国家政权，后被魏所灭。③ 吴：即东吴，三国之一，孙权建立的国家政权，后被晋所灭。④ 魏：三国之一，曹丕建立的国家政权，后被晋所取代，国亡。狗：古时称幼小的动物为狗（据刘盼遂《世说新语校笺》说）。⑤ 夏侯玄：三国魏谯郡谯（今安徽亳州）人，字太初，曾任征西将军、都督雍凉二州诸军事。

【翻译】

诸葛瑾与弟弟诸葛亮以及堂弟诸葛诞，都有极高的声名，各自在一个国家任职。当时的人都认为蜀国得到了他们家的一条龙，吴国得到了他们家的一头虎，魏国得到了他们家的一只幼仔。诸葛诞在魏国，同夏侯玄的声名相当，诸葛瑾在吴国，吴国朝廷里都佩服他有宽大的胸怀。

王大将军四友

王大将军下①，庾公问②："闻卿有四友，何者是？"答曰："君家中郎③，我家太尉、阿平、胡毋彦国④。阿平故当最劣。"庾曰："似未肯劣。"庾又问："何者居其右。"王曰："自有人。"又问："何者是？"王曰："噫！其自有公论。"左右蹑公，公乃止。

【注释】

① 大将军：官名，是将军的最高称号，职掌统兵征战。三国至南北朝时大臣执政，多兼大将军官号。王大将军：即王敦。下：即下都。② 庾公：即庾亮。③ 中郎：即从事中郎，将帅的幕僚。这里指庾敳。③ 太尉：这里指王衍。阿平：即王澄，西晋琅邪临沂(今属山东)人，字平子，曾任荆州刺史、军咨祭酒。当时在人的字之前加上"阿"字，是一种表示亲昵的称呼。胡毋(wú)彦国：西晋泰山奉高(今山东泰安东)人，复姓胡毋，名辅之，字彦国，曾任陈留太守、扬武将军、湘州刺史。

【翻译】

王大将军来到京都，庾公问他："听说你有四位朋友，都是些什么人啊？"王回答说："您家的中郎，我家的太尉、阿平以及胡毋彦国。其中阿平该是最差的。"庾公说："好像也不会自甘居后。"又问："谁又在他们之上呢？"王大将军回答说："自有其人。"庾公追问说："到底是谁呢？"王说：

"嘻！这自有公论。"身边的人用脚踩庾公示意，庾公才没有再追问。

温太真失色

世论温太真是过江第二流之高者^①。 时名辈共说人物，第一将尽之间，温常失色^②。

【注释】

① 温太真：东晋太原祁县（今属山西）人，名峤（jiào），字太真，曾任刘琨左司马、中书令、江州刺史。过江：见P24 注①。② 失色：这里指温峤唯恐第一流人物中没有自己而惊慌失色。

【翻译】

世间评论温太真是渡江南下第二流人物中的佼佼者。当时名流们在一道评议人物，将要说完第一流的时候，温太真常常惊慌得变了脸色。

桓公与殷侯齐名

桓公少与殷侯齐名^①，常有竞心。 桓问殷："卿何如我？"^②殷云："我与我周旋久^③，宁作我。"

【注释】

① 殷侯:即殷浩。② 何如:比较人物高下或事情得失的习惯用语,表示"同……相比,哪一个更……"。③ 周旋:应酬,交往。"我与我周旋久",《晋书·殷浩传》作"我与君周旋久",语意更佳。

【翻译】

桓公年轻时同殷侯声名相当,但常有与之比高下的心意。桓公曾问殷侯:"你同我相比,哪一个更强一些?"殷侯回答说:"我同我打交道的时间长,宁可还是当我自己。"

会稽王语奇进

桓大司马下都①,问真长曰②:"闻会稽王语奇进③,尔邪?"刘曰:"极进,然故是第二流中人耳!"桓曰:"第一流复是谁?"刘曰:"正是我辈耳!"

【注释】

① 大司马:官名,掌管国家政务。魏晋期间,大司马的称号多半授予权势特重的大臣。桓大司马:即桓温。② 真长:即刘惔。③ 会稽王:指简文帝司马昱。

【翻译】

桓大司马来到京都,问刘真长:"听说会稽王的言谈进步飞快,是这样吗?"刘回答说:"极有长进,但依然只是第二流中的人物而已!"桓又问:"第一流又是些什么人呢?"刘说:"正是我们这一些人!"

殷 侯 既 废

殷侯既废①,桓公语诸人曰:"少时与渊源共骑竹马,我弃去,己辄取之,故当出我下。"

【注释】

① 废:指罢免官职。晋穆帝永和八年(352),殷浩任都督扬、豫、徐、兖、青五州军事进取中原时,被前秦击败,次年又遭姚襄伏击,大败而回。桓温乘机挟嫌上疏,殷被免为庶人。

【翻译】

殷侯被免官之后,桓公对大家说:"小时候我同渊源一道骑竹马,我丢弃不要的,他总是捡去玩,他当然应该在我之下。"

王长史答苟子问

刘尹至王长史许清言①,时苟子年十三②,倚床边听。既去,问父曰:"刘尹语何如尊?"③ 长史曰:

"韶音令辞，不如我；往辄破的，胜我。"

【注释】

① 刘尹：即刘惔。王长史：即王濛。清言：清谈、玄谈。② 苟子：即王脩，东晋太原晋阳(今山西太原西南)人，字敬仁，小字苟子，王濛之子。曾任著作郎、琅邪王文学。升任中军司马，未及就职而死。③ 尊：对父亲的尊称，也可称呼伯父、叔父。

【翻译】

刘尹到王长史住处清谈，当时苟子十三岁，靠在坐榻边听。刘尹走后，苟子问父亲："刘尹的言谈同您相比，哪一个更强？"王长史说："言辞的美妙，他比不上我；但是说话总能切中要旨，却又超过我。"

不能复语卿

有人问谢安石、王坦之优劣于桓公①。桓公停，欲言，中悔曰："卿喜传人语，不能复语卿。"

【注释】

① 谢安石：即谢安。王坦之：见 P72 注②。

【翻译】

有人向桓公问到谢安石、王坦之二人的高下优劣。桓公沉吟了一下，正准备讲，半途又翻悔道："你喜欢传人的话，不能再对你说。"

汝兄自不如伊

王僧恩轻林公①，蓝田曰②："勿学汝兄③，汝兄自不如伊。"

【注释】

① 王僧恩：即王祎(yī)之，东晋太原晋阳(今山西太原西南)人，字文劭，小字僧恩，王述第二子，官至中书郎。林公：即支遁。② 蓝田：即王述。③ 汝兄：指王坦之。

【翻译】

王僧恩看不起林公，蓝田说："不要学你的兄长，你兄长也比不上他。"

曹蜍李志见在

庾道季云①："廉颇、蔺相如虽千载上死人②，懔懔恒如有生气；曹蜍、李志虽见在③，厌厌如九泉下人。人皆如此，便可结绳而治，但恐狐狸狢獐啖尽。"④

【注释】

① 庾道季：东晋颍川鄢陵(今河南鄢陵西北)人，名龢

（hé），字道季，曾任丹阳尹、中领军。② 廉颇：战国时赵国名将，在与齐、魏、燕等国交战中屡获大胜。蔺相如：战国时赵国大臣，曾在两次外交活动中，面对秦王据理力争，维护了赵国的尊严。他对廉颇能容忍谦让，使之愧悟，成为团结御侮的至交。③ 曹蜍（chú）：东晋彭城（治所在今江苏徐州）人，名茂之，字永世，小字蜍，官至尚书郎。李志：东晋江夏钟武（今属湖北）人，字温祖，官至南康相。见：同"现"。④ 獑（tuān）：又写作"貒"，动物名，也称猪獾。狢（hé）：又写作"貉"，动物名，也称狗獾。狐狸獑狢啖尽：被野兽吃尽（据刘盼遂《世说新语校笺》说）。

【翻译】

庾道季说："廉颇、蔺相如虽然是死了上千年的古人，但他们那严正的形象却永远保持着勃勃生气；曹蜍、李志虽然现在还活着，但却是奄奄一息有如黄泉下的死人。如果人人都像这样，便可回到结绳而治的时代，不过只怕我们这些人也都要被野兽吃尽了。"

共道"竹林"优劣

谢遏诸人共道"竹林"优劣①，谢公云："先辈初不臧贬七贤。"②

【注释】

① 谢遏：即谢玄。竹林：指"竹林七贤"，即阮籍、嵇

康、山涛、向秀、阮咸、王戎、刘伶七人，他们相互友善，常宴集于竹林之下，当时人称之为"竹林七贤"。② 臧（zāng）贬：褒贬，品评高下。

【翻译】

谢遏等人一道品评"竹林七贤"的高下优劣，谢公说："前辈们从来不对这七位贤人妄加评论。"

吉人之辞寡

王黄门兄弟三人俱诣谢公①，子猷、子重多说俗事②，子敬寒温而已③。 既出，坐客问谢公："向三贤孰愈？"谢公曰："小者最胜。"客曰："何以知之？"谢公曰："吉人之辞寡，躁人之辞多④。 推此知之。"

【注释】

① 黄门：即黄门侍郎。王黄门：即王徽之，东晋琅邪临沂（今属山东）人，字子猷，王羲之第五子，官至黄门侍郎。② 子重：即王操之，字子重，王羲之第六子，曾任侍中、尚书、豫章太守。③ 子敬：即王献之。④ 吉人之辞寡，躁人之辞多：这是《易经·系辞》中的文句。

【翻译】

王黄门兄弟三人一起到谢公那里去。子猷、子重大多说些凡庸的事，子敬只是寒暄几句罢了。三人走后，席间的客人问谢公："刚刚三位贤人谁强一些?"谢公说:"小的最高明。"客人又问:"怎么知道的呢?"谢公说:"贤能的人话少,浮躁的人话多。由此可以推知。"

王子敬答谢公问

谢公问王子敬①："君书何如君家尊?"答曰:"固当不同。"公曰:"外人论殊不尔。"②王曰:"外人那得知!"

【注释】

① 王子敬:即王献之。② 殊:很,非常。

【翻译】

谢公问王子敬:"您的书法同您父亲相比,谁更好一些?"王回答说:"本来就自有不同。"谢公说:"外人的评论却不是这样。"王说:"外人哪能了解呢!"

人固不可以无年

王珣疾①,临困,问王武冈曰②:"世论以我家领军比谁?"③武冈曰:"世以比王北中郎。"④东亭转卧向壁,叹曰:"人固不可以无年!"⑤

【注释】

① 王珣：见 P33 注②。② 王武冈：即王谧(mì)，东晋琅邪临沂(今属山东)人，字稚远(袁氏本《世说新语》注引《中兴书》作"雅远"，此据《晋书·王谧传》)，曾任中书令、吏部尚书、司徒，袭爵武冈侯。③ 领军：官名，统率禁军。这里指王珣父王洽，字敬和。曾任司徒左长史、建武将军、吴郡内史，征拜为领军，未就职，年三十六而死。④ 北中郎：即北中郎将，统率北署中的皇帝卫侍，东汉以后，统兵将领也多用此名，同时兼领刺史等其他职衔，位任颇重。王北中郎：即王坦之。⑤ 人固不可以无年：王珣的意思是其父王洽声名德行都超过王坦之，只因短命而死，世人才只把他同王坦之相提并论。

【翻译】

王珣生病，临危时问王武冈："世间的舆论把我家领军比作什么人？"武冈回答说："把他比作王北中郎。"东亭转身面壁而卧，叹息说："一个人确实不能无寿啊！"

王桢之答桓玄问

桓玄为太傅^①，大会，朝臣毕集。坐裁竟^②，问王桢之曰^③："我何如卿第七叔？"^④于时宾客为之咽气。王徐徐答曰："亡叔是一时之标，公是千载之英。"一坐欢然。

【注释】

①　桓玄：东晋谯国龙亢(今安徽怀远西)人，字敬道，小字灵宝，桓温之子，袭爵南郡公，曾任义兴太守、江州刺史。晋安帝元兴元年(402)举兵东下，攻入京都，执掌朝政，次年代晋自立，国号楚。不久，刘裕起兵声讨，他兵败被杀。太傅：当据《晋书·王桢之传》《桓玄传》作"太尉"。②　裁：通"纔"，现简化为"才"。③　王桢之：东晋琅邪临沂(今属山东)人，字公干，王徽之之子，曾任侍中、大司马长史。④　卿第七叔：指王献之。

【翻译】

桓玄担任太尉时，举行盛大集会，朝廷的大臣们全都聚集在一起。刚刚坐定，桓玄便问王桢之："我同你的七叔相比，哪一个更强一些?"当时宾客们都紧张得屏住气息。王桢之慢悠悠地回答说："我去世的叔父是一时的典范，您是千载以来的英杰。"在座的人都非常欣喜。

十、规　箴

　　规箴的意思是正言劝诫。这里主要是劝诫统治者的暴虐昏乱、贪鄙无耻。魏晋是历史上少有的乱世，统治者的这类恶行也就表现得特别充分。晋武帝明知太子是白痴，却自欺欺人，拒不纳谏，仍把皇位传给他，结果酿成西晋的大乱；西晋朝廷上下聚敛无厌，连贵族妇女也染上了这种恶习，王衍的妻子为了牟利，竟不惜家声让婢女担粪；统治者对待人民也是极为残暴的，乱臣苏峻东征，竟要火烧民房以示威。作者立《规箴》门的本意，大约只是要表彰劝诫者的勇气与才智，而起到的实际作用又包含了对统治者的揭露。

　　也有一些很有意义的规箴之辞，如慧远勉励僧徒："但愿朝阳之辉，与时并明耳。"至今广为传诵，成为鼓舞人们好学向上的动力。

乳母求救东方朔

汉武帝乳母尝于外犯事①，帝欲申宪②，乳母求救东方朔③。朔曰："此非唇舌所争。尔必望济者④，将去时但当屡顾帝，慎勿言，此或可万一冀耳。"乳母既至，朔亦侍侧，因谓曰："汝痴耳！帝岂复忆汝乳哺时恩邪？"帝虽才雄心忍，亦深有情恋，乃凄然愍之，即敕免罪。

【注释】

① 犯事：据褚少孙补《史记·滑稽列传》记载，违犯禁令的是乳母的子孙家奴，乳母因受牵连而得罪。② 申：通"伸"。申宪：伸张法令。③ 东方朔：西汉平原厌次（今山东惠民）人，字曼倩，曾任太中大夫，为人诙谐机智。④ 尔：你。先秦两汉时期略带轻贱、狎昵意味。

【翻译】

汉武帝的乳母曾在宫外触犯禁令，武帝准备依法治罪，乳母去向东方朔求救。东方朔说："这不是凭口舌能够争辩的事。你一定想要得救的话，离去之时只管频频回头看皇上，千万不要说话，这样或许有一点点希望。"乳母来见武帝，东方朔也在旁边侍立，便乘机对她说："你真是发痴了！难道皇上还会想着你哺乳时的恩情吗？"汉武帝虽然才略过人，性格刚毅，但也很有依恋之情，见此十分感伤，产生了怜悯之心，随即下令免了她的罪。

京房与汉元帝

京房与汉元帝共论①，因问帝："幽、厉之君何以亡②？所任何人？"答曰："其任人不忠。"房曰："知不忠而任之，何邪？"曰："亡国之君，各贤其臣，岂知不忠而任之？"房稽首曰③："将恐今之视古，亦犹后之视今也。"

【注释】

① 京房：西汉东郡顿丘（今河南清丰西南）人，本姓李，自改为京氏，字君明。曾立为博士，因劾奏石显专权，出为魏郡太守。汉元帝：即刘奭（shì），西汉皇帝，汉宣帝之子。爱好儒术，统治期间赋役繁重，西汉开始由盛转衰。
② 幽：指周幽王，西周天子，周宣王之子，名宫涅。厉：指周厉王，西周天子，周穆王四世孙，名胡。周幽王、周厉王都是我国历史上出名的昏庸暴戾之君。③ 稽（qǐ）首：古代最为恭敬的一种跪拜礼。行礼时，下跪，两手拱至地，头至手，但不触地，整套动作都较缓慢。

【翻译】

京房同汉元帝一道谈论政事，趁便问元帝："周幽王、周厉王两位君主为什么会亡国呢？他们任用了一些什么人？"元帝回答说："他们任用的人不忠诚。"京房说："知道不忠诚却要任用他们，是什么原因呢？"元帝说："大凡亡国之君，各自都认为任用的臣下是贤能的，哪里会知道不忠诚却又任用他们呢？"京房叩头说："只怕我们今天看古人，也像是后代的人看我们今天一样啊。"

卫瓘佯醉讽武帝

晋武帝既不悟太子之愚①，必有传后意，诸名臣亦
多献直言。帝尝在陵云台上坐②，卫瓘在侧③，欲申其
怀，因如醉跪帝前，以手抚床日④："此坐可惜！"帝虽
悟，因笑日："公醉邪？"

【注释】

① 晋武帝：即司马炎。太子：皇帝所指定的继承人，
一般是皇帝的嫡长子。这里指司马衷，即后来的晋惠帝，
字正度。他痴呆不能理政，继位后由贾后专权，引起了皇
族互相残杀的"八王之乱"，其后诸王相继擅政，他形同傀
儡。② 陵云台：魏文帝时修建的木质楼台，在洛阳西游园
中。今已不存。③ 卫瓘：见P94注①。④ 床：古代的一种
坐卧之具，既可坐，也可卧。相当于今之榻。

【翻译】

晋武帝一直不觉察太子的愚笨，一心想把帝位传给
他，各位知名的大臣也都直言谏劝。武帝曾在陵云台上就
座，卫瓘在他旁边，想要表达内心的想法，于是像喝醉酒似
的跪在武帝面前，用手拍着龙床说："这个座位真可惜啊！"
武帝虽然明白，但也只是笑了笑，说："您喝醉了吧？"

口未尝言"钱"字

王夷甫雅尚玄远①，常疾其妇贪浊②，口未尝言"钱"字。妇欲试之，令婢以钱绕床，不得行。夷甫晨起，见钱阂行，呼婢曰："举却阿堵物！"③

【注释】

① 王夷甫：即王衍。② 其妇：指郭氏，见下则《王平子谏郭氏》注②。③ 阿堵：这，这个。

【翻译】

王夷甫十分崇尚超逸清远的境界，常常讨厌他妻子贪婪鄙浊，因此口中从来不说"钱"字。妻子想试探他，让使女用一串串的钱把床绕起来，让他无法走路。夷甫清晨起床，看到钱阻碍了走路，高喊使女说："把这个东西拿走！"

王平子谏郭氏

王平子年十四五①，见王夷甫妻郭氏贪欲②，令婢路上担粪。平子谏之，并言不可。郭大怒，谓平子曰："昔夫人临终③，以小郎嘱新妇④，不以新妇嘱小郎！"急捉衣裾，将与杖。平子饶力，争得脱⑤，逾窗而走。

【注释】

① 王平子：即王澄。② 郭氏：郭豫之女。在娘家的姓

后加上"氏"字是古代称呼已婚女子的一种方式。③ 夫人：对已婚妇女的尊称。这里指王澄的母亲，也即郭氏的婆母。④ 小郎：妇人称呼丈夫的弟弟为小郎。新妇：已婚妇女的自称，丈夫也可称妻子为新妇。⑤ 争：等于说挣扎。魏晋南北朝期间还没有"挣"字，用"争"字来表示这一意义。

【翻译】

王平子十四五岁时，看到王夷甫的妻子郭氏贪得无厌，让使女在路上担粪。平子便规劝她，并且说不应该这样做。郭氏非常生气，对平子说："先前老夫人临终时，把你托付给我，并没有把我托付给你！"一把抓住平子的衣襟，要用木棒打他。平子很有力气，挣扎着脱了身，跳过窗子逃走了。

陆迈止苏峻放火

苏峻东征沈充①，请吏部郎陆迈与俱②。将至吴③，密敕左右，令入阊门放火以示威④。陆知其意，谓峻曰："吴治平来久⑤，必将有乱；若为乱阶⑥，请从我家始。"峻遂止。

【注释】

① 苏峻：东晋长广挺县（今山东莱阳南）人，字子高。曾任鹰扬将军、冠军将军、历阳内史，有精兵万人。庾亮执

政时,想解除他的兵权,调任为大司农,他与祖约起兵,攻入建康(今江苏南京),专擅朝政,历史上称为"苏峻之难"。不久,被温峤、陶侃等击败。沈充:东晋吴兴(治所在今浙江吴兴南)人,字士居。王敦专权时,曾任车骑将军、吴国内史,后遭苏峻征讨,被部将杀死。② 吏部郎:官名,掌管官吏的任免、升降、调动。陆迈:东晋吴郡吴县(今江苏苏州)人,字公高,曾任振威太守、尚书吏部郎。③ 吴:古城名,故址在今江苏苏州。④ 阊门:吴城门名。⑤ 来:袁氏本《世说新语》作"未",现据唐写本《世说新书》残卷改。⑥ 乱阶:祸乱的来由。

【翻译】

苏峻东进征讨沈充,请吏部郎陆迈一道前往。将到吴县时,苏峻秘密命令左右亲信,让他们进入阊门放火以显示威风。陆迈知道苏峻的用意,对他说:"吴地太平无事已经很久了,肯定将要发生祸乱;如果一定要制造祸乱的话,请从我家里开始。"苏峻这才停止放火。

莫倾人栋梁

陆玩拜司空①,有人诣之,索美酒,得,便自起,泻箸梁柱间地②,祝曰:"当今乏才,以尔为柱石之用③,莫倾人栋梁。"玩笑曰:"戢卿良箴。"④

【注释】

① 陆玩:见 P39 注①。司空:官名,掌管工程,但至两

晋时期已有职无权，只表示对大臣的尊崇。② 箸：见 P44
注②。③ 尔：你。这里是来人以拟人化的方式向梁柱说
话。④ 戢（jí）：收藏。

【翻译】

陆玩就任司空，有人到他那里去，要了一杯美酒，拿到
后便站起身来，把酒倒在梁柱旁边的地上，祝愿说："如今
缺乏大才，让你担负了柱石的重任，不要坍塌了人家的栋
梁。"陆玩笑着说："我一定把你美好的告诫牢记在心间。"

远公执经讽诵

远公在庐山中①，虽老，讲论不辍。 弟子中或有堕
者②，远公曰："桑榆之光③，理无远照；但愿朝阳之
辉，与时并明耳。"执经登坐，讽诵朗畅，词色甚苦④。
高足之徒，皆肃然增敬。

【注释】

① 远公：即慧远，东晋雁门楼烦（今山西宁武附近）
人，本姓贾，年二十一出家。晋孝武帝太元六年（381）入庐
山，相传曾与十八高贤共结莲社，同修净业，居二十三年，
足未出山。庐山：山名，在今江西省北部。② 堕：通"惰"。
③ 桑榆之光：指日暮时的阳光，这时光线照在桑树榆树之
上。④ 苦：指某事进行得程度很深。

十
规
箴

125

【翻译】

远公在庐山时，虽然年纪已老，但依然讲论佛经，不肯停歇。门徒中有人神情懈怠，远公便说："人老了，有如日暮时的阳光，按理已经无法照到远处；只希望你们年轻人有如早晨的阳光，随时光的推移而越发明亮。"说完又手拿经卷登上讲坛，背诵朗读，声音清亮流畅，言辞神色极为恳切，那些高才的门徒都不觉肃然起敬。

桓道恭谏桓南郡

桓南郡好猎①，每田狩②，车骑甚盛③，五六十里中，旌旗蔽隰④，骋良马，驰击若飞，双甄所指⑤，不避陵壑。或行陈不整⑥，麇兔腾逸⑦，参佐无不被系束。桓道恭⑧，玄之族也，时为贼曹参军⑨，颇敢直言。常自带绛绵绳箸腰中，玄问："此何为？"答曰："公猎，好缚人士，会当被缚，手不能堪芒也。"玄自此小差⑩。

【注释】

①桓南郡：即桓玄。②田：打猎，同"畋"。③骑(jì)：骑马的人，骑兵。④隰(xí)：本指低下的湿地，这里泛指田野。⑤双甄(zhēn)：打仗时部队的左右两翼叫左甄右甄，合称双甄。古代狩猎兼起军事演习的作用，所以也这样称说。⑥陈：同"阵"。⑦麇(jūn)：又写作"麕"、"麋"，即獐子。⑧桓道恭：东晋谯国龙亢(今安徽怀远西)人，字祖道。曾任淮南太守，桓玄篡位，任江夏相，桓玄死后被杀。

⑨ 曹:见 P87 注①。贼曹:部门名,主管水火、盗贼、词讼、罪法等,权比其他各曹重。参军:官名。⑩ 差:病愈,同"瘥"。小差:本指病稍愈,这里指稍有好转。

【翻译】

桓南郡爱好打猎,每次外出狩猎,车马随从很多,五六十里范围内,旌旗遍布田野,骏马驰骋,追击如飞,左右两翼队伍所到之处,不避山陵沟壑。倘或队伍行列不整齐,让獐子野兔逃跑了,僚属便要被捆绑起来。桓道恭,与桓玄是同一家族,当时任贼曹参军,敢于直话直说。常常自己带上绛色的丝绵绳系在腰间,桓玄问:"带这个做什么?"他回答说:"您打猎时欢喜捆绑人,我也总有被捆绑的时候,我的手受不了那绳子上的芒刺啊。"桓玄从此以后才稍稍有所收敛。

十一、捷　悟

　　捷悟的意思是思路敏捷，领悟迅速。魏晋时期，十分重视人的聪明才智，《捷悟》门便充分体现了这一点。本门以记载杨脩事迹为主，共七条，他一人占了四条。杨脩是汉末建安时人，是曹操之子曹植的好友。他的聪明才智，在当时及其后都是出了名的，《世说新语》中有关他的故事，至今仍脍炙人口。

　　然而在魏晋时期激烈的权力斗争面前，杨脩就显得太纯真了，曹操在确立曹丕为太子后，因怕杨脩为曹植出谋划策招致祸乱，便借故杀了他。同杨脩形成鲜明对比的是郗超，他帮着父亲装糊涂，结果消除了权臣桓温的疑忌，他父亲也因此免了祸。作者在本门里没有直述杨脩的不幸结局，但却在后面安排了郗超的故事，其用意之所在，是值得玩味的。

杨脩令坏相国门

杨德祖为魏武主簿①，时作相国门②，始构榱桷，魏武自出看，使人题门作"活"字，便去。杨见，即令坏之，既竟，曰："'门'中'活'，'阔'字，王正嫌门大也。"

【注释】

① 杨德祖：汉末弘农华阴（今属陕西）人，名脩，字德祖。曾任丞相曹操主簿，好学能文，才思敏捷，后被曹操所杀。魏武：即曹操。主簿：官名。② 相国：官名，职守与丞相同。魏晋以后，相国比丞相更为尊贵，这里是对丞相曹操的尊称。

【翻译】

杨德祖任魏武帝的主簿，当时正在修建相国府的大门，刚刚架上椽子时，魏武帝亲自出来察看，让人在门上题写了一个"活"字，随即走了。杨见到后，立即让人把门拆毁，拆完之后，说："'门'字中一个'活'，是'阔'字，魏王正是嫌门太大了。"

杨脩啖酪

人饷魏武一杯酪①，魏武啖少许②，盖头上题"合"字以示众，众莫能解。次至杨脩，脩便啖，曰："公教人啖一口也③，复何疑？"

【注释】

① 魏武：即曹操。酪：乳制食品。② 许：用在"多"、"多多"、"少"等后面，表示"许多"、"许许多多"、"一点儿"等意思。③ 人啖一口："合"字拆开来是"一人一口"，所以说"人啖一口"。

【翻译】

有人送给魏武帝一杯乳酪，魏武帝吃了一点儿，在盖子上头写了一个"合"字拿给大家看，众人中没有谁能理解他的用意。依次轮到杨修，他接过来便吃，说："曹公教每人吃一口，还有什么好犹豫的呢？"

魏武过曹娥碑下

魏武尝过曹娥碑下①，杨修从，碑背上题作"黄绢、幼妇、外孙、齑臼"八字②。魏武谓修曰："解不？"答曰："解。"魏武曰："卿未可言，待我思之。"行三十里，魏武乃曰："吾已得。"令修别记所知。修曰："黄绢，色丝也，于字为'绝'；幼妇，少女也，于字为'妙'；外孙，女子也，于字为'好'；齑臼，受辛也③，于字为'辞'：所谓'绝妙好辞'也。"魏武亦记之，与修同，乃叹曰："我才不及卿，乃觉三十里。"④

【注释】

① 曹娥:东汉会稽上虞(今属浙江)人。其父溺水而死,她沿江号哭,昼夜不绝,经历十七日也投江而死。后县长度尚葬曹娥于江南道旁,并立下了碑石,碑文由邯郸淳写成,这就是曹娥碑。汉末蔡邕又在碑背上题写了"黄绢、幼妇、外孙、齑臼"八字。② 碑背上:袁氏本《世说新语》"上"字后有一"见"字,现据唐写本《世说新书》残卷删。

齑:见 P47 注⑤。齑臼:捣制齑的器具。③ 受辛:古代捣制齑时常加上大蒜等具有辛辣味道的佐料,因此齑臼要承受辛辣。"受"、"辛"两字合成一"辤"字,是"辞"的异体字。④ 觉:通"较",相差,相距。

【翻译】

魏武帝曾经从曹娥碑下经过,杨修跟随着,碑的背面题写了"黄绢、幼妇、外孙、齑臼"八个字。魏武帝对杨修说:"懂吗?"杨修回答说:"懂。"魏武帝说:"你不要讲出来,让我想想看。"走了三十里路,魏武帝才说:"我已经想出来了。"于是让杨修另外记下他所理解的意思。杨修记道:"黄绢,是有色之丝。在字当中是一个'绝'字;幼妇,是年少女子,在字当中是一个'妙'字;外孙,是女儿之子,在字当中是一个'好'字;齑臼,是受辛之器,在字当中是一个'辞(辤)'字:合起来就是'绝妙好辞'的意思呀。"魏武帝也记下了自己的理解,与杨修所记相同,于是他感叹地说:"我的才思比不上你,竟然相差三十里。"

郗嘉宾更作笺

郗司空在北府①，桓宣武恶其居兵权。郗于事机素暗，遣笺诣桓②："方欲共奖王室，修复园陵。"③世子嘉宾出行④，于道上闻信至，急取笺，视竟，寸寸毁裂，便回还，更作笺，自陈老病，不堪人间⑤，欲乞闲地自养。宣武得笺大喜，即诏转公督五郡⑥，会稽太守⑦。

【注释】

① 司空：见 P124 注①。郗司空：即郗愔(yīn)，东晋高平金乡(今属山东)人，字方回，曾任辅国将军、会稽内史、都督浙江东五郡军事，死后追赠为司空。北府：晋人称京口(今江苏镇江)为北府。② 笺：给上级或尊长者的书札。③ 园陵：本指帝王的墓地，这里指朝廷国家。④ 世子：古代帝王与诸侯正妻所生的长子叫世子。郗愔袭爵南昌公，其嫡长子也称为世子。嘉宾：即郗超。⑤ 人间：人世间事，这里指担任官职。⑥ 督五郡：据《晋书·郗愔传》载，此为都督浙江东五郡军事。郗愔这次调职，名义上虽然是升迁，但已离开京口这一险要之地，除去了桓温心内的隐病。⑦ 会稽：郡名(今浙江绍兴)。太守：官名。

【翻译】

郗司空驻兵在京口，桓宣武很讨厌他掌握着军事实权。郗愔对于事情发展的迹象一贯不很清醒，写了一封书信给桓，其中说："正要共同辅佐朝廷，恢复晋室山河。"郗愔的儿子嘉宾适逢外出，在路上听说使者到了，赶忙取过书信来，看完后，一寸寸地把它撕毁，随即回去，代父亲重新写了一封书信，陈述自己年老多病，不能担任重职，希望求得一块闲散之地养老。桓宣武收到书信后非常高兴，立即下令升任郗愔都督五郡军事，兼任会稽太守。

十二、夙 惠

　　"夙"指早,"惠"通"慧",指聪明;夙惠就是自小聪明。这里专门记载了汉末魏晋时期聪明孩子的故事。注意收集这方面的事迹,也是《世说新语》的一个重要特点,除了《夙惠》门外,《德行》、《言语》诸门中这类故事也不少,这当然同当时重视人物聪明才智的风气有关。

　　一般说来,孩子的故事总是使人轻松愉快的,但《世说新语》中的这类故事却不尽然,其中相当一部分有着复杂的社会历史背景和深刻的含意。以这里选译的两则为例,就很能看清问题。何晏本是汉末贵戚何进的孙子,曹操则是新兴的实力人物,然而东汉帝国崩溃以后,何晏的母亲却做了曹操的如夫人,何晏也只好随之住进曹府。由此可以看出汉魏之交统治阶级内部势力的变化。至于晋明帝对于"长安何如日远"这一问题作出的两种不同回答,也不是单纯地玩弄辞令,而是各有其针对性。晋室东渡建康,是因为外族侵略者占领了中原地区。对于历尽辛苦才到达建康的长安来人，明帝言语中不能不有所照顾，所以才有"日远，不闻人从日边来(只闻人从长安来)"的回答；而次日集群臣宴会，明帝突然改口说"日近"，则含有激励群臣的意思。"举目见日，不见长安"，是因为长安已沦入敌手的缘故啊！《世说新语》素以语言简约隽永著称于世。简约隽永意味着用简要的言语表达丰富深刻的内涵，《夙惠》门便充分体现了这一特点。

何 氏 之 庐

何晏七岁①，明惠若神②，魏武奇爱之③，因晏在宫中④，欲以为子。 晏乃画地令方，自处其中。 人问其故，答曰："何氏之庐也。"魏武知之，即遣还外⑤。

【注释】

① 何晏：三国魏南阳宛县(今河南南阳)人，字平叔。曾随母被曹操收养，官至尚书、典选举。② 惠：通"慧"。③ 魏武：即曹操。④ 晏在宫中：据唐写本《世说新书》残卷注引《魏氏春秋》记载，何晏的母亲名尹，当了武王曹操的夫人，因此何晏也在王宫中长大。⑤ 还外：袁氏本《世说新语》"还"字后无"外"字，现据唐写本《世说新书》残卷补。

【翻译】

何晏七岁时，出奇地聪明，魏武帝特别喜爱他，由于何晏住在王宫中，所以想收他做自己的儿子。何晏便在地上画了一块方格，自己呆在当中。有人问他为什么这样做，他回答说："这是何家的房屋。"魏武帝知道这件事后，随即把他打发出了王宫。

晋明帝两答父问

晋明帝数岁①，坐元帝膝上②。有人从长安来③，元帝问洛下消息④，潸然流涕⑤。明帝问何以致泣，具以东渡意告之。因问明帝："汝意谓长安何如日远？"答曰："日远。不闻人从日边来，居然可知。"元帝异之。明日，集群臣宴会，告以此意，更重问之。乃答曰："日近。"元帝失色，曰："尔何故异昨日之言邪？"答曰："举目见日，不见长安。"

【注释】

① 晋明帝：即司马绍，河内温县（今河南温县西）人，字道畿(jī)，元帝长子。初为东中郎将，后立为皇太子，即帝位三年死。② 元帝：即晋元帝司马睿，字景文。初袭封琅邪王，长安失陷后，他在南方建立政权，史称东晋。后因王敦擅政，忧愤而死。③ 长安：古都名，西晋末年，逢十六国之乱，京都洛阳沦陷，愍帝（313—316 年在位）即建都于此。故城在今陕西西安西北。④ 洛：洛阳。下：指所在之处。元李治《敬斋古今黈(tǒu)拾遗》卷二说，洛称为洛下，稷称为稷下，用"下"字来称呼，等于说在这个地方。洛下：

等于说洛阳。⑤ 潸（shān）然：流泪的样子。

【翻译】

　　晋明帝才几岁时，坐在元帝膝头上。有人从长安来，元帝问到洛阳的消息，不由得流下眼泪。明帝问他为什么哭，元帝便把自己东渡长江而来的意向全都告诉了他。接着问明帝："你认为长安同太阳相比，哪一个更远呢？"明帝回答说："太阳远。没听说有人从太阳那边来，这就显然可知。"元帝感到很惊异。第二天，元帝召集部属举行宴会，把明帝所说的意思告诉大家，然后又重新问明帝。明帝却回答说："太阳近。"元帝惊愕失色，说："你为什么同昨天说的话不同呢？"明帝回答说："抬头只能看见太阳，却看不见长安。"

十三、豪　爽

　　豪爽的意思是豪放爽直。这也是魏晋时期相当推崇的人物个性之一。有趣的是，本门的描写对象，以东晋初期权臣王敦和东晋中期权臣桓温为主。这两位都是赤裸裸的野心家，他们的豪爽，也就表现在毫不掩饰自己的野心上。王敦追慕曹操的为人，一心谋夺晋室江山，他以如意敲击唾壶，高咏曹操诗句的举动，充分体现了野心家夙志难酬的焦灼心情。桓温则处处以王敦为仿效对象，虽然明知王敦起事未成，死后受人唾骂，但在经过王敦墓前，仍禁不住连呼："可儿！可儿！"（《赏誉》）反映了他引王敦为同类，图谋篡逆的祸心。令人不解的是，这样两个晋室叛臣，为什么会受到他们同时代人以及《世说新语》作者的青睐？这一方面出于魏晋的特殊风尚，由于传统的儒家道德标准在时代的动荡面前已失去了权威，魏晋人士更看重的是英雄（或奸雄）豪杰，而不是忠臣义士；另一方面则因为作者在创作过程中的类型化倾向。《世说新语》分门类描写人物，每一门类表现魏晋人士的一种总体性格特征，作者在描写、评价某一特定人物在某一门类中的表现时，并不考虑他在其他门类中的表现。这些因素，构成了《世说新语》人物描写与人物评价的复杂性。

王处仲击唾壶

王处仲每酒后^①，辄咏："老骥伏枥，志在千里；烈士暮年^②，壮心不已。"以如意打唾壶^③，壶口尽缺。

【注释】

① 王处仲：即王敦。② 烈士：立志建立功业、视死如归的人。"老骥伏枥，志在千里；烈士暮年，壮心不已"，是曹操《步出夏门行》中的诗句。③ 如意：又称爪杖。选用骨、角、竹、木、玉、石、铜、铁等材料制成，长三尺左右，柄端作手指形或心字形，用来搔痒，可如人意，因而得名。魏晋期间名士清谈常用以指划，以助语势；僧人宣讲佛经，也可记经文于上，以备遗忘。用铜铁等制成的如意，兼可防身。近世的如意，长不过一二尺，其端多作芝形、云形，主要用来玩赏。唾壶：又称唾盂，是供吐痰等用的壶，通常用玉或石制成，其形制比今痰盂要小。

【翻译】

王处仲每次饮酒之后，总要吟咏："老了的骏马虽然伏在马厩之中,但是它的志向却还是日行千里;有志之士虽然到了晚年,但是他的雄心依旧没有止息。"一边吟咏,一边用如意击唾壶为节拍,唾壶口全都敲缺了。

祖车骑传语阿黑

王大将军始欲下都①,更处分树置,先遣参军告朝廷,讽旨时贤。 祖车骑尚未镇寿春②,瞋目厉声语使人曰:"卿语阿黑③,何敢不逊! 催摄面去④,须臾不尔,我将三千兵槊脚令上。"⑤王闻之而止。

【注释】

① 王大将军:即王敦。② 祖车骑:即祖逖(tì),东晋范阳遒县(今河北涞水北)人,字士稚。西晋末年率亲党数百家南下,晋元帝时任奋威将军、豫州刺史,率部北伐,收复了黄河以南地区。寿春:县名,治所在今安徽寿县,其时为豫州及淮南郡治所。③ 阿黑:王敦的小字。④ 摄:聚集,统率。面:转面。⑤ 槊脚:用槊戳脚。上:从东晋京都建康(今江苏南京)沿江而往上游向西叫做上。

【翻译】

王大将军起先想来京都,对朝中的政务人事重新作一番安排处置,他先派遣参军报告朝廷,同时又向当时的贤达名流透露了这个意思。祖车骑这时还没有去镇守寿春,他怒目高声地对使者说:"你回去告诉阿黑,怎敢这样不恭顺！叫他赶快集合部队掉头回去，只要稍有迟疑不这样做，我马上就率领三千士兵用长矛戳他的脚要他回去。"王敦听到这话便停止了东进。

桓石虔救桓冲

桓石虔①，司空豁之长庶也②，小字镇恶。年十七八，未被举③，而童隶已呼为镇恶郎④。尝住宣武斋头⑤，从征枋头⑥，车骑冲没陈⑦，左右莫能先救。宣武谓曰："汝叔落贼，汝知不？"石虔闻之，气甚奋，命朱辟为副⑧，策马于数万众中，莫有抗者，径致冲还，三军叹服。河朔后以其名断疟⑨。

【注释】

① 桓石虔：东晋谯国龙亢（今安徽怀远西）人，小字镇恶，累有战功，官至豫州刺史。② 豁：即桓豁，字朗子，桓温之弟，桓石虔之父，曾任建威将军、荆州刺史，死后追赠司空。长庶：非正妻所生的长子。③ 举：推举，两汉魏晋期间，有在民间推荐的基础上选择下层官吏的制度。④ 郎：古代家奴对家主的称呼。⑤ 宣武：即桓温。斋：闲居的屋舍。斋头：等于说斋上。⑥ 枋头：地名，在今河南浚县西南淇门渡。晋废帝太和四年（369），桓温在这里同后燕慕容垂交战，大败。⑦ 冲：即桓冲，字幼子，桓豁之弟，曾任荆州刺史、中军将军、车骑将军，死后追赠太尉。⑧ 朱辟：人名，生平未详。⑨ 朔：北。河朔：黄河以北。断疟：断绝疟

疾。古代认为人患疟疾是因为疟鬼作祟，所以能用桓石虔的威名来吓退疟鬼。

【翻译】

桓石虔，是司空桓豁的庶长子，小名镇恶。十七八岁时，尚未被举荐为吏，但是家中的奴仆已经称呼他为"镇恶郎"了。他曾经在桓宣武的府上闲住，又跟随宣武北征后燕来到枋头，当时车骑将军桓冲陷入敌阵之中，左右将领没有一个人能抢先把他救出来。宣武对石虔说："你叔叔落入敌寇之手，你知道不知道？"石虔听说后，情绪十分激昂，当即命令朱辟担任副将，在数万敌军之中策马冲锋，敌军无人敢于抵抗，径直把桓冲救了回来，全军上下都十分赞赏佩服。黄河以北地区后来竟用他的名字来驱赶疟鬼。

十四、容　止

　　俊秀的容貌，潇洒的举止，是任何时代任何人都喜爱的，魏晋人士对此更有特殊的爱好，以至于有"看杀卫玠"的佳话流传至今。而从前盛赞某位青年男性漂亮，也常好用"貌似潘安"（潘岳之字安仁的省称）的成语。这并非因为潘岳就是旷世绝代的美男子，而是魏晋爱美的风尚抬高了他的声誉。

　　相对于恒定的容貌来说，魏晋人士似乎更注重人物的举止，因为人物的举止随着人物内心与客观世界的交流而变化，最能表现出人物的风采。《容止》门中有很多这样的描写，如称赞谢尚："企脚北窗下弹琵琶，故自有天际真人想。"为了更加形象地表现人物潇洒出尘的举止，《世说新语》借用自然美的可见形质来比附人物的风姿神韵，这在《前言》中已有陈述，此处不再重复。

　　有趣的是，魏晋人士对于自己的容貌，则是希望像女孩子一样漂亮。如本门称赞何晏"美姿仪，面至白"，致使魏文帝疑其傅粉；杜弘治"面如凝脂，眼如点漆"。开始时，这可能是出于哲学和美学上的考虑，因为《庄子·逍遥游》中理想的姑射山神人形象，就是"肌肤若冰雪，绰约若处子"的。而至其末流，就成为一种病态的追求了。《颜氏家训·勉学》说："梁朝全盛时，贵游子弟无不熏衣剃面，傅粉施朱。"今天戏曲舞台上保留的才子形象，大约便来自这个源头。

床头捉刀人

魏武将见匈奴使①，自以形陋，不足雄远国，使崔季珪代②，帝自捉刀立床头③。既毕，令间谍问曰："魏王何如？"匈奴使答曰："魏王雅望非常，然床头捉刀人，此乃英雄也。"魏武闻之，追杀此使。

【注释】

① 匈奴：我国古代北方的一个少数民族。② 崔季珪：三国魏清河东武城（今山东武城西北）人，名琰，字季珪，曹操属官，入魏后任尚书。《三国志·魏志·崔琰传》说他声音洪亮，眉清目秀，须长四尺，极有威仪。③ 床：坐卧具，相当于榻。

【翻译】

魏武帝将接见匈奴的使者，自以为相貌丑陋，不足以镇慑远方外族，便让崔季珪作为替身，他自己则握刀站立在坐榻旁边。接见完毕后,他派打探消息的人去问匈奴使者:"魏王这个人怎么样?"匈奴使者回答说:"魏王高雅的神态不同寻常,但是站在榻旁边握刀的人,这才是英雄啊。"魏武帝听后,派人赶去杀掉了这名使者。

何平叔面至白

何平叔美姿仪①,面至白。 魏明帝疑其傅粉②,正夏月,与热汤饼③。 既啖,大汗出,以朱衣自拭,色转皎然。

【注释】

① 何平叔:即何晏。② 魏明帝:据刘孝标《世说新语注》文意以及《太平御览》卷二十一、卷三百六十五引《语林》,当作"魏文帝"。魏文帝即曹丕。傅粉:汉魏期间,贵族男子也有搽粉的习俗。③ 饼:我国古代面食的总称。汤饼:放在水里煮的面食,同现在北方称为片儿汤、南方称为面疙瘩的食物相似。

【翻译】

何平叔姿态仪容十分美丽,面色极为白皙。魏文帝怀疑他脸上搽了粉,正当夏季时节,给他热汤饼吃。何平叔吃完后,出了一脸大汗,他用大红色的衣服揩拭,脸色变得更加光亮。

嵇康风姿特秀

嵇康身长七尺八寸①，风姿特秀。见者叹曰："萧萧肃肃②，爽朗清举。"或云："肃肃如松下风，高而徐引。"山公曰③："嵇叔夜之为人也，岩岩若孤松之独立④；其醉也，傀俄若玉山之将崩。"⑤

【注释】

① 嵇康：见 P46 注②。七尺八寸：晋尺短于今尺，晋七尺八寸相当于今 1.90 米左右。② 萧萧肃肃：风声，这里指洒脱的样子。③ 山公：即山涛。④ 岩岩：高峻的样子。⑤ 傀（guī）俄：倾倒的样子。

【翻译】

嵇康身高七尺八寸，风采异常秀美。见过他的人都赞叹说："风姿潇洒，清朗而挺拔。"还有人说："潇洒得像是松树下的风，清高而又绵长。"山公说："嵇叔夜的为人，高峻得像是超群绝伦的孤松；他的醉态，又倾侧得像是玉山将要崩塌。"

潘岳出洛阳道

潘岳妙有姿容，好神情。少时挟弹出洛阳道，妇人遇者，莫不连手共萦之。左太冲绝丑①，亦复效岳游遨，于是群妪齐共乱唾之，委顿而返。

【注释】

① 左太冲：西晋齐国临淄（今山东淄博）人，名思，字太冲，曾任秘书郎。

【翻译】

潘岳有美妙的姿态容貌，又十分精神。年轻时夹着弹弓出入在洛阳的街头，妇女们遇见他，无不手拉手地围住他。左太冲容貌极为丑陋，也仿效潘岳在大街上游荡，于是成群的妇女一道向他吐口水，弄得他狼狈地跑回家去。

鹤 在 鸡 群

有人语王戎曰："嵇延祖卓卓如野鹤之在鸡群。"①答曰："君未见其父耳！"

【注释】

① 嵇延祖：西晋谯郡铚（今安徽宿县西南）人，名绍，字延祖，嵇康之子，曾任汝阴太守、徐州刺史、侍中。卓卓：突出的样子。

【翻译】

有人对王戎说："嵇延祖出类拔萃的样子，好像野鹤立于鸡群之中。"王戎回答说："您还没有见过他的父亲呢！"

刘伶土木形骸

刘伶身长六尺^①，貌甚丑悴，而悠悠忽忽^②，土木形骸^③。

【注释】

① 刘伶（líng）：西晋沛国（治所在今安徽濉溪西北）人，字伯伦，"竹林七贤"之一，曾任建威参军。六尺：晋尺短于今尺，晋六尺相当于今 1.47 米左右。② 悠悠忽忽：轻忽放荡，万事不经心意。③ 土木形骸（hái）：把形体看得如同土木一样。这里用来表示刘伶重精神而不重形体，外表上乱头粗服，不加修饰的样子。

【翻译】

刘伶身高六尺，相貌很丑陋，面容憔悴，但是他放浪自适，把形体看作土木一样，自然质朴。

看杀卫玠

卫玠从豫章至下都^①，人久闻其名，观者如堵墙。玠先有羸疾，体不堪劳，遂成病而死。时人谓看杀卫玠。

【注释】

① 卫玠：见 P47 注①。下都：相对于首都而言，称陪

都为下都。西晋旧都洛阳（故城在今河南洛阳东洛水北岸），所以后世称建邺（晋愍帝建兴元年即公元313年因避皇上司马邺的名讳而改名建康，故城在今江苏南京）为下都。其时虽未建都建邺，但追记历史的文字可以这样称呼。

【翻译】

卫玠从豫章来到建邺，人们很早就听说过他的声名，围观的人像墙壁一样密不透风。卫玠起先就疲弱有病，身体经受不住这样劳累，于是病重而死。当时的人都说卫玠是被看死了的。

唯丘壑独存

庾太尉在武昌①，秋夜气佳景清，佐吏殷浩、王胡之之徒登南楼理咏②，音调始遒，闻函道中有屐声甚厉③，定是庾公。俄而率左右十许人步来④，诸贤欲起避之。公徐云："诸君少住，老子于此处兴复不浅！"⑤因便据胡床与诸人咏谑⑥，竟坐甚得任乐⑦。后王逸少下⑧，与丞相言及此事⑨，丞相曰："元规尔时风范不得不小颓。"右军答曰："唯丘壑独存。"⑩

【注释】

① 庾太尉：即庾亮。武昌：郡名，治所在今湖北鄂城。
② 佐吏：袁氏本《世说新语》作"使吏"，现据影宋本《世说

《新语》改。王胡之：东晋琅邪临沂（今属山东）人，字脩龄，曾任吴兴太守、侍中、丹阳尹。③ 函道：室内楼梯。屐：有齿的鞋子。④ 许：表示大体相当的约数。⑤ 老子：第一人称代词，相当于"我"。这里略含自负、自夸的意味。⑥ 胡床：一种从胡地传入的可以折叠的轻便坐具。⑦ 任：受任用，这里有"能发挥才能"的意思。⑧ 王逸少：即王羲之，下文"右军"也是指王羲之。下：即下都。⑨ 丞相：指王导。⑩ 丘壑(hè)：深山幽谷，常指隐居的住所。丘壑独存：意思是系心山水幽深之处，忘记了身处仕途高位。

【翻译】

庾太尉在武昌时，秋夜里天气美好，景色清新，僚属殷浩、王胡之等人登上南楼清谈吟咏，正当调子转向强劲时，听到楼梯上传来很响的木屐声，知道一定是庾公来了。不一会儿，带领着十来名侍从走来，各位属员想起身避开。庾公慢悠悠地说："诸位先生稍留，我对这些东西也很有兴致！"于是便倚在胡床上同众人吟咏戏笑，一直到散去都玩得很尽兴。后来王逸少到京都，对丞相王导说到这件事，丞相说："庾元规这时的风度不能不稍有衰减吧。"王右军回答说："只是那系心山水的超然志向依然保留着。"

恨不见杜弘治

王右军见杜弘治①，叹曰："面如凝脂，眼如点漆，此神仙中人。"时人有称王长史形者②，蔡公曰③："恨诸人不见杜弘治耳。"

【注释】

① 杜弘治：东晋京兆杜陵（今陕西西安东南）人，名乂（yì），字弘治，曾任公府掾、丹阳丞，袭爵当阳侯。② 王长史：即王濛。③ 蔡公：即蔡谟。

【翻译】

王右军见到杜弘治，赞叹说："面容洁白细腻得像是凝冻的油脂，眼睛乌黑明亮得像是点上了黑漆，这真是神仙中的人啊。"当时有人称赞王长史的形貌美丽，蔡公说："遗憾的是这些人没见过杜弘治啊。"

一异人在门

王长史尝病，亲疏不通。 林公来①，守门人遽启之曰："一异人在门，不敢不启。"王笑曰："此必林公。"

【注释】

① 林公：即支遁。

【翻译】

王长史有一次生病，来客无论亲疏近远都不让通报。林公来了，守门的人赶快向他禀告："有一位怪异的人在门外，不敢不禀告。"王长史笑着说："这一定是林公。"

北窗下弹琵琶

或以方谢仁祖不乃重者①，桓大司马曰②："诸君莫轻道仁祖，企脚北窗下弹琵琶，故自有天际真人想。"

【注释】

① 谢仁祖：即谢尚。乃：这么，那么。② 桓大司马：即桓温。

【翻译】

有人用谢仁祖作比而不那么看重他，桓大司马说："各位不要轻蔑地说到谢仁祖，他在北窗下跷着脚弹琵琶，确实使人生起天上仙人的想法。"

王敬和叹王长史

王长史为中书郎①，往敬和许②。尔时积雪，长史从门外下车，步入尚书省③。敬和遥望，叹曰："此不复似世中人！"

【注释】

① 中书郎：即中书侍郎，是中书监、令的副职，参与朝

政。② 敬和:即王洽。③ 尚书省:官署名,掌管文书,长官为尚书令。袁氏本《世说新语》"尚书"后无"省"字,"敬和"前有"著公服"三字,现据影宋本《世说新语》改。

【翻译】

王长史担任中书郎时,到王敬和那里去。这时地上堆满积雪,长史从门外下车,走入尚书省大门。王敬和远远地望去,赞叹地说:"这人不再像是尘世间的人!"

濯濯如春月柳

有人叹王恭形茂者①,云:"濯濯如春月柳。"②

【注释】

① 王恭:见 P13 注①。② 濯濯:明净清新。

【翻译】

有人赞叹王恭的形体华美,说:"清朗而又明净,真像是春天里的柳枝。"

十五、自 新

　　自新的意思是自己改正错误。这也是中国的传统美德之一。有关传说中最为著名而又最为动人的，莫过于周处除三害的故事了。现存对于这一传说的最早最完整的记载，就出自《世说新语》的《自新》门中。

　　据史书记载，西晋时期确有周处其人，他年轻时也确有不善的品行，但后来却成了一位勇敢的将军。对于这样一位改过自新的楷模，人们在传说他的事迹时，难免有夸大失实的成分，《世说新语》据传说改写，也就难免有与史实不符的地方。如说周处是在西晋文学家陆云的激励下自新的，而事实上周处成年时陆机、陆云兄弟尚未出生。

　　这里牵涉到对《世说新语》的评价问题。自本书问世以来，一直有两种很不相同的评价方法。一种以史书标准要求它，每每抓住其中不合史实的部分，大加抨击；另一种则把它看作"街谈巷议"的小说者流，很赞赏它的言辞隽永，描述动人，但同时也就忽视了它的史料与学术价值。事实上，《世说新语》是在史实的基础上，再加上作者的目见耳闻，综合改写而成的一部魏晋清言杂录。当我们要了解并把握魏晋社会、历史、人物的某些总体特征时，本书无疑是一部极重要的参考资料；而当我们要核实一人一事是否准确时，对本书就不该有过高的史料要求。这是我们在阅读过程中所必须注意的。

周处除三害

　　周处年少时①，凶强侠气，为乡里所患；又义兴水中有蛟②，山中有邅迹虎③，并皆暴犯百姓，义兴人谓为三横④，而处尤剧。 或说处杀虎斩蛟，实冀三横唯馀其一。处即刺杀虎，又入水击蛟，蛟或浮或没，行数十里，处与之俱，经三日三夜，乡里皆谓已死，更相庆。 竟杀蛟而出。 闻里人相庆，始知为人情所患，有自改意。 乃入吴寻二陆⑤，平原不在⑥，正见清河⑦，具以情告，并云："欲自修改，而年已蹉跎⑧，终无所成。"清河曰："古人贵朝闻夕死⑨，况君前途尚可。 且人患志之不立，亦何忧令名不彰邪？"处遂改励，终为忠臣孝子。

【注释】

　　① 周处：西晋吴兴阳羡（今江苏宜兴南）人，字子隐。年轻时曾为害乡里，发愤改过后，仕吴任东观左丞，入晋后曾任新平太守、御史中丞。② 义兴：东晋郡名，其治所阳羡，

西晋时属吴兴郡。这里是用后世地名称述前世之事。③遭
(zhān)迹虎：能追逐人迹而食人的老虎；遭，通"趱"，追逐
(据恩田仲任辑《世说音释》说)。另一说，即指"邪足虎"。
④横(hèng)：指蛮横残暴的人。⑤吴：这里指吴郡，治所在
今江苏苏州。入吴：袁氏本《世说新语》作"自吴"，现据影宋
本《世说新语》改作"入吴"。二陆：指陆机与陆云。⑥平原：
指陆机。⑦清河：指陆云。⑧蹉跎(cuō tuó)：失去时机，虚
度光阴。⑨朝闻夕死：这里引用的是《论语·里仁》中的
话，意思是早晨听到了圣贤之道，晚上死掉也不虚度一生。

【翻译】

　　周处年轻时，为人凶横任气，同乡的人都很惧怕他；另
外义兴郡的河中有条蛟龙，山里有一头遭迹虎，都危害百
姓，义兴人称为三害，而周处的危害最大。有人劝说周处
去杀虎斩蛟，其实是希望三害只剩下一害。周处随即去刺
杀了老虎，又下河去斩蛟，那条蛟时浮时沉，游了数十里，
周处始终同它一起搏斗，持续了三天三夜，同乡的人都认
为他与蛟一道死了，越发相互庆贺。没想到他竟然杀死蛟
而从河中冒了出来。周处听说大家相互庆贺，才知道自己
被大家所厌恶，于是有了悔改的心意。他便到吴郡去寻找
陆氏兄弟，陆平原不在，只见到了陆清河，周处便把事情的
经过都告诉了他，同时说："自己想改正过错，只是已经虚
度了光阴，最终怕也不会有什么成就。"陆清河说："古人很
看重'朝闻夕死'，况且您的前途还很有希望。再说一个人
只怕不能立定志向，又何必担忧美名得不到传扬呢？"周处
便改过自勉，最终成为忠臣孝子。

十六、企　羡

　　企羡的意思是仰慕。从本门中可以看出，魏晋人士最看重的还是人物出众的才能、豪爽的气度与俊美的仪容。如王羲之听说有人把他的《兰亭集序》比作西晋石崇的《金谷诗序》，又把自己比作石崇，认为二者不相上下，便十分得意。因为石崇既是西晋的著名文人，又是当时的头等豪富；金谷园雅集既是历史上著名的文学盛会，又是石崇豪爽好客的壮举。这种集才能、富贵、豪爽于一身的美事，自然是人人羡慕的了。不过今天《金谷诗序》已经亡佚，倒是《兰亭集序》凭借着王羲之那出众的书法艺术而传诵千古。至于孟昶对王恭的赞叹，则出自他对后者潇洒风度的羡慕，同时也从侧面反映了魏晋一代士人渴求长寿登仙的生活理想。

王右军有欣色

王右军得人以《兰亭集序》方《金谷诗序》①，又以己敌石崇②，甚有欣色。

【注释】

① 兰亭：亭名，在今浙江绍兴西南，其地名兰渚，有亭名兰亭。《兰亭集序》：晋穆帝永和九年(353)三月三日，王羲之与当时名士谢安等四十余人在兰亭举行了一次文人集会，与会者临流赋诗，王羲之为诗作写了序文，这就是《兰亭集序》。金谷：地名，在今河南洛阳东北，其地又名金谷涧，石崇在这里筑有别墅，有园名金谷园。《金谷诗序》：晋惠帝元康六年(296)石崇、苏绍等人在谷园举行集会，送别征西大将军、祭酒王诩(xǔ)还长安，与会者游宴赋诗，石崇为诗作写了序文，这就是《金谷诗序》。② 石崇：西晋渤海南皮(今河北南皮东北)人，字季伦，曾任修武令，官至侍中。家极富有，生活靡费奢侈，后被司马伦所杀。

【翻译】

王右军听说有人把他的《兰亭集序》比作《金谷诗序》，又把他同石崇匹敌，神色十分欣喜。

孟昶篱间窥王恭

孟昶未达时①，家在京口②。尝见王恭乘高舆③，被鹤氅裘④；于时微雪，昶于篱间窥之，叹曰："此真神仙中人！"

【注释】

① 孟昶（chǎng）：东晋平昌安丘（今山东安丘西南）人，字彦达，曾任丹阳尹、尚书左仆射。② 京口：古城名，今江苏镇江。③ 舆：即肩舆，一种用人力扛抬的代步工具，类似后世的轿子。④ 被：通"披"。鹤氅（chǎng）裘：用鸟羽制成的毛皮外套。

【翻译】

孟昶尚未发迹时，家住在京口。他曾看见王恭乘坐着高高的肩舆，身上披着鹤氅裘；当时天正下着小雪，孟昶从竹篱笆缝隙间窥视他，赞美说："这真是神仙中的人啊！"

十七、伤　逝

　　伤逝的意思是为死者而悲伤。魏晋时期一方面是一个开始注重人的独特价值的时代,但另一方面,大规模的外族入侵和激烈的皇权争夺所导致的战乱,以及伴随着战乱而来的灾难与瘟疫,又使得它成为空前的戕害人才的时代。《晋书·阮籍传》就曾指出:"魏晋之际,天下多故,名士少有全者。"因此,痛惜夭逝的人才便成为《伤逝》门的主题。

　　这种痛惜,出于真情,正如王戎所说:"情之所钟,正在我辈。"为了区别于世俗的、虚伪的丧葬仪式,魏晋部分士人采取了十分独特的哀悼方式。诸如灵前鼓琴、学作驴鸣等等,在常人眼中都是违背礼仪的怪诞行为,但在哀悼一方,他们考虑更多的不是礼仪的需要与规定,而是如何真切地表达情感,以谢知音。所以即使身居王太子高位的曹丕,也不惜降尊纡贵,一效禽兽。这里面包含的深情,是十分真挚感人的。

魏文帝作驴鸣

王仲宣好驴鸣[1]，既葬，文帝临其丧[2]，顾语同游曰："王好驴鸣，可各作一声以送之。"赴客皆一作驴鸣。

【注释】

[1] 王仲宣：汉末山阳高平（今山东邹县）人，名粲，字仲宣，"建安七子"之一。先依刘表，未受重用，后为曹操幕僚，官至侍中。[2] 文帝：指魏文帝曹丕。

【翻译】

王仲宣爱听驴子叫，死后安葬完毕，魏文帝去吊丧时，回头对同行的人说："王爱听驴子叫，每人可以学叫一声来送别他。"于是去吊丧的客人都一一学了一声驴叫。

山简省王戎

王戎丧儿万子[1]，山简往省之[2]，王悲不自胜。简曰："孩抱中物[3]，何至于此？"王曰："圣人忘情，最下不及情；情之所钟，正在我辈。"简服其言，更为之恸。

【注释】

[1] 万子：即王绥，西晋琅邪临沂（今属山东）人，字万

子。曾被征召为太尉掾，未到职，年十九而死。② 山简：西晋河内怀县（今河南武涉西）人，字季伦，山涛之子，曾任尚书左仆射、征南将军。③ 孩：指小儿刚开始会笑。孩抱中物：抱在手中刚刚会笑的小儿。由于王绥十九岁才死，并非"孩抱中物"，所以后人认为这应是王衍山简之事。《晋书·王衍传》也有王衍丧幼子，山简去吊问的记载。

【翻译】

王戎死了幼子万子，山简前去看望他，王戎悲哀得无法自制。山简说："只不过是抱在怀中的小东西，哪至于伤心成这样呢？"王戎说："最上等的圣人忘掉了情爱，最下等的众人谈不上什么情爱；最能集注情爱的，正在我们这些人身上。"山简信服了他的话，越发为此感到悲痛。

张季鹰鼓琴

顾彦先平生好琴①，及丧，家人常以琴置灵床上②。张季鹰往哭之③，不胜其恸，遂径上床，鼓琴，作数曲竟，抚琴曰："顾彦先颇复赏此不？"因又大恸，遂不执孝子手而出④。

【注释】

① 顾彦先：西晋吴郡吴县（今江苏苏州）人，名荣，字彦先，曾任太子中舍人、廷尉正，后又出任琅邪王军司，加散骑常侍。② 灵床：为悼念死者而虚设的座位。③ 张季

鹰：见 P87 注①。④ 不执孝子手：晋人吊丧临去时有握孝子手致慰的礼节，这里指张翰未行此礼。

【翻译】

顾彦先平素爱好弹琴，死后，家里的人经常把琴放在他的灵座上。张季鹰去哭吊他时，忍受不住内心的悲痛，便径直坐到灵座上，弹完几支曲子后，拍着琴说："顾彦先还能再欣赏这曲子么？"于是又大哭起来，不握一下孝子的手便走了。

埋玉树箸土中

庾文康亡①，何扬州临葬②，云："埋玉树箸土中③，使人情何能已已！"

【注释】

① 庾文康：即庾亮。② 何扬州：即何充。③ 玉树：比喻庾亮美好的形体。

【翻译】

庾文康死时，何扬州去参加葬礼，说："真像是把玉树埋进了泥土中，让人们惋惜的心情怎么能够休止呢！"

以麈尾置柩中

王长史病笃,寝卧灯下,转麈尾视之①,叹曰:"如此人,曾不得四十!"②及亡,刘尹临殡③,以犀柄麈尾箸柩中④,因恸绝。

【注释】

① 麈尾:见 P26 注②。② 曾:竟然。③ 刘尹:即刘惔。殡:停柩待葬。④ 柩:装着尸体的棺材。

【翻译】

王长史病重,躺在灯下,转动麈尾仔细端详,感叹地说:"像我这样的人,竟然活不到四十岁!"死后,刘尹去参加他的殡礼,把犀牛角柄的麈尾放在他的棺材里,随即悲痛得昏倒过去。

王子猷奔丧

王子猷、子敬俱病笃①,而子敬先亡。子猷问左右:"何以都不闻消息?此已丧矣!"语时了不悲②。便索舆来奔丧,都不哭。子敬素好琴,便径入坐灵床上③,取子敬琴弹,弦既不调,掷地云:"子敬,子敬,人琴俱亡!"因恸绝良久,月余亦卒。

【注释】

① 王子猷:即王徽之。子敬:即王献之。② 了:全,全

然。③ 灵床:为悼念死者而虚设的座位。

【翻译】

　　王子猷、王子敬都病得很重,而子敬先死去。子猷问身边的人:"为什么一点点子敬的消息也听不到? 这说明他已经死了!"说这话时全然没有悲伤的神色。于是要了一辆车子赶去奔丧,一点也没有哭。子敬平素爱好弹琴,子猷也就径直进去坐在灵座上,拿过子敬的琴来弹奏,琴音无法谐和,他把琴扔到地下,说:"子敬,子敬,人与琴一道没有啦!"随即悲痛得晕倒很长时间,过了一个多月也死去了。

十八、栖　逸

　　魏晋之际，司马氏与曹魏之间的权力之争愈演愈烈，大批名士，或因拒绝与司马氏合作，或为全身远祸，纷纷遁入山林，隐逸之风由是大兴，孙登、嵇康、阮籍便是其中的代表人物。

　　由于大批隐士都是当时有威望有影响的名士，为了笼络这批力量，同时也为了提高自己的声誉，许多利禄之士附庸风雅，有的涌向隐士遁居的山林，与之吟风弄月，清谈交游，如名僧康僧渊在豫章附近立精舍，"闲居研讲，希心理味"，权臣庾亮等纷至沓来，僧渊不堪其扰，只好退出；有的出钱资助隐退者，如权臣郗超"每闻欲高尚隐退者，辄为办百万资，并为造立居宇"。而在隐逸者这一方，有些人看到隐逸越来越受到统治者的注意，便借隐逸来抬高自己的身价，以猎取高位。其中周邵就是一个突出的例子，他本来隐于寻阳，在庾亮一再劝说下终于出仕，《尤悔》门还记载了他在庾亮劝说过程中的惺惺作态，以及他因官职不称意而一气病死的结局。

看来,隐逸之风在兴起之初还是有其积极意义的,但随着统治者的不断介入,这种风气也就日益成为魏晋士人生活中的点缀。不过,由于隐逸之风扩大了士人与山林自然的接触,从而促进了晋宋之际山水文学与山水绘画的发展,这一作用也是不容忽视的。

嵇康与孙登游

嵇康游于汲郡山中①,遇道士孙登②,遂与之游。康临去,登曰:“君才则高矣,保身之道不足。”

【注释】

① 汲郡:西晋郡名,治所在今河南汲县西南。② 道士:这里指有道之士。孙登:魏末晋初汲郡共(今河南辉县)人,字公和。无家,在汲郡北山土窟中,好读《易经》,弹一弦琴。

【翻译】

嵇康在汲郡山中游览,遇见隐士孙登,便同他交往游乐。嵇康临别时,孙登说:“您的才能是很高了,只是保全自身的办法不足。”

嵇康告绝山公

山公将去选曹①，欲举嵇康，康与书告绝。

【注释】

①　山公：即山涛。

【翻译】

山公将要离开选录官吏的衙门，想推荐嵇康接替，嵇康便写信同他绝交。

翟不与周语

南阳翟道渊与汝南周子南少相友①，共隐于寻阳。庾太尉说周以当世之务②，周遂仕，翟秉志弥固。 其后周诣翟，翟不与语。

【注释】

①　南阳：郡名，治所在今河南南阳。《晋书·翟汤传》作"寻阳"。寻阳也是郡名，治所在今湖北广济东北。很可能翟汤祖籍本为南阳，过江后侨居寻阳，所以有二说（据余嘉锡《世说新语笺疏》说）。翟道渊：名汤，字道渊，曾多次被征召任官，均未就职。汝南：郡名，治所在今河南平舆北。周子南：东晋人，籍贯不详，名邵，字子南，初隐居，后听庾亮劝说任镇蛮护军、西阳太守。②　庾太尉：即庾亮。

【翻译】

南阳翟道渊与汝南周子南年轻时很友好,共同隐居在寻阳。庾太尉用当世的政务劝说周,周便出来当了官,翟道渊则固守自己的志向愈加坚定。后来周子南去看翟道渊,翟不答理他。

康僧渊立精舍

康僧渊在豫章①,去郭数十里立精舍②,旁连岭,带长川,芳林列于轩庭③,清流激于堂宇④。乃闲居研讲⑤,希心理味,庾公诸人多往看之⑥。观其运用吐纳⑦,风流转佳。加已处之怡然,亦有以自得,声名乃兴。后不堪,遂出。

【注释】

① 康僧渊:生平未详,仅据《高僧传》记载得知他本是西域人,生于长安,晋成帝时过江南下。豫章:郡名,今江西南昌。② 郭:内城叫城,外城叫郭。精舍:本指学者讲习的处所,后指僧人道士修炼、居住的处所。③ 轩:有窗的长廊。④ 激:水势受阻后腾涌飞溅。⑤ 闲居:避人独居。⑥ 庾公:即庾亮。⑦ 吐纳:即吐故纳新,古人常用的一种修炼养生之术,口中吐出污浊之气,鼻中吸入清新之气,据说可以祛病延年。

【翻译】

康僧渊在豫章时，离城数十里建造了一所精舍，屋旁连接着山岭，四周环绕着河流，庭院前花木成林，堂檐下清泉腾涌。他便在这里独自钻研讲习，静心体会，庾公等人常去看望。见他运用吐纳之术，仪表风度越来越美。加上他在这里安然自适，也有由此怡然自得之处，由此声名大振。后来因为不能忍受外来的烦扰，便又离开了那里。

郗超办百万资

郗超每闻欲高尚隐退者①，辄为办百万资，并为造立居宇。 在剡为戴公起宅②，甚精整。 戴始往居③，与所亲书曰："近至剡，如入官舍。"郗为傅约亦办百万资④，傅隐事差互⑤，故不果遗。

【注释】

① 郗超：见 P89 注①。② 剡：县名。戴公：即戴逵，东晋谯国（治所在今安徽亳州）人，字安道，屡被征召任官，均未就职。③ 往居：袁氏本《世说新语》作"往旧居"，下文"如入官舍"作"如官舍"，现据《太平御览》卷五百一十引《世说》删增为"往居"、"如入官舍"。④ 傅约：人名，生平未详。⑤ 差互：屡失时机而未成功。

【翻译】

郗超每逢听说有行为高洁想要隐居的人，总是给他备齐百万钱财，并为他们建造房舍。在剡县时曾为戴公盖了住宅，十分精致整齐。戴公刚去住时，在给亲近者的信中说："最近到了剡县，如同进了官府一样。"郗超为傅约也准备了百万钱财，傅去隐居之事一再拖延而未成，所以才没有赠送得成。

十九、贤　媛

　　从《世说新语》中可以看出，同追求男子的女性美相反，魏晋士人倒不大讲究女子的外貌妍媸，却要求她们能同男子一样具有高超的神情风范与品格才能。这在《贤媛》门中体现得很充分。王广娶诸葛诞女，刚见面便批评新娘"神色卑下"，不像她的父亲；新娘立即反唇相讥："大丈夫不能仿佛彦云，而令妇人比足踪英杰！"济尼评论谢玄姊与张玄妹的优劣："王夫人神情散朗，故有林下风气；顾家妇清心玉映，自是闺房之秀。"表面上不偏不倚，实际上是说顾不及王，因为王夫人虽为巾帼，却有名士之风。

　　《贤媛》门正是按照名士标准来收集编写魏晋妇女事迹的。王羲之善清言，羲之夫人有关人物神明的一段议论，饱含着玄学义理；许允妇貌虽丑陋，但深谙事理，以此赢得丈夫的敬重，并在关键时刻保全了子女；陶侃出身贫寒，依靠母亲湛氏纺绩为生，湛氏截发供客，但是不准陶侃以官物供养自己；谢道韫文才不让须眉，她对

自己仅有中人之质的丈夫不满意,对才华出众
的弟弟谢玄也常有教训之辞。总之,《贤媛》门
中所描写的魏晋妇女,同传统的三从四德的妇
女形象很不一样,她们同男子似乎有较为平等
的地位。汉末以来士族知识分子的思想解放,
无疑当是造成这种现象的主要原因之一。

王明君出汉宫

汉元帝宫人既多①,乃令画工图之,欲有呼者,辄披
图召之。其中常者,皆行货赂。王明君姿容甚丽②,志
不苟求,工遂毁为其状。后匈奴来和③,求美女于汉
帝,帝以明君充行④。既召,见而惜之,但名字已去,
不欲中改,于是遂行。

【注释】

① 汉元帝:见 P120 注①汉元帝注。② 王明君:即王
昭君,西汉南郡秭(zǐ)归(今属湖北)人,名嫱(qiáng),字昭
君,因避晋文帝司马昭的名讳改称明君。汉元帝时被选入
宫中,后自请往匈奴和亲,促进了汉与匈奴的友好关系。
③ 和:和亲,指结成婚姻关系以确保两国之间的友好。
④ 充行:汉代和亲政策,名义上是以公主远嫁外族,但实
际上多以其他女子充当公主出行。汉元帝时,匈奴的实力
与地位已经下降,王嫱是否需要作为公主身份嫁匈奴,史
书上无明确的说法,但这里"充行"的"充"字,却立意于此。

【翻译】

汉元帝的宫女增多之后,便命令画工画下她们的形貌,想要呼唤谁时,就翻看画像来召见她们。宫女中相貌平常的人,都去向画工行贿。王昭君姿态容貌很俏丽,立志不向画工苟且求情,画工便故意把她画得很丑。后来匈奴来和亲,向汉朝皇帝求美女,元帝就以王昭君充数前往。召见之后,元帝见昭君艳丽绝色,舍不得她,但名字已经送出,不想中途改变,昭君也就出发了。

班婕妤辩诬

汉成帝幸赵飞燕①,飞燕谮班婕妤祝诅②,于是考问③。辞曰:"妾闻死生有命④,富贵在天。修善尚不蒙福,为邪欲以何望?若鬼神有知,不受邪佞之诉;若其无知,诉之何益?故不为也。"

【注释】

① 汉成帝:即刘骜(ào),西汉皇帝,汉元帝之子。在位期间沉溺于酒色,不问政事,导致了王莽专擅朝政。赵飞燕:汉成帝皇后,能歌善舞,因身体轻捷而号为"飞燕"。② 婕妤(jié yú):又可作"倢伃",宫中女官名,是帝王妃嫔(pín)的称号。班婕妤:西汉雁门楼烦(今山西宁武附近)人,名不详。少有才学,成帝时被选入宫,立为婕妤。祝诅(zhòu zǔ):告求鬼神降祸于他人。祝:通"咒"。③ 考:通

"拷"。④ 妾：古代妇女自称的谦词。死生有命，富贵在天：这是《论语·颜渊》中的文句。

【翻译】

汉成帝宠幸赵飞燕，飞燕诬告班婕妤向鬼神诅咒成帝，因此拷问她。班婕妤的供辞说："我听说死与生取决于命运，富与贵听从天安排。行善尚且不能得到保佑，作恶又能指望得到什么呢？如果鬼神有灵性的话，就不会接受邪恶之人的诽谤；如果鬼神没有灵性的话，向它倾诉又有什么用处呢？所以我是不会这样做的。"

许允妇捉夫裾

许允妇是阮卫尉女①，德如妹②，奇丑。交礼竟，允无复入理，家人深以为忧。会允有客至，妇令婢视之，还答曰："是桓郎。"桓郎者，桓范也③。妇云："无忧④，桓必劝入。"桓果语许云："阮家既嫁丑女与卿，故当有意，卿宜察之。"许便回入内，既见妇，即欲出。妇料其此出无复入理，便捉裾停之。许因谓曰："妇有四德⑤，卿有其几？"妇曰："新妇所乏唯容尔⑥。然士有百行，君有几？"许云："皆备。"妇曰："夫百行以德为首，君好色不好德，何谓皆备？"允有惭色，遂相敬重。

【注释】

① 许允：三国魏河间高阳（今河北高阳东）人，字士

宗,官至领军将军,后被司马师所害。卫尉:即卫尉卿,官名,掌管宫门警卫。阮卫尉:即阮共,三国魏陈留尉氏(今属河南)人,字伯彦,官至卫尉卿。② 德如:即阮侃,字德如,阮共之子,官至河内太守。③ 桓范:三国魏沛国(治所在今江苏沛县)人,字允明,官至大司农。④ 无:通"毋",不要。⑤ 四德:指妇德、妇言、妇容、妇功(善于纺绩)。⑥ 新妇:已婚妇女自称。

【翻译】

　　许允的妻子是阮卫尉的女儿,阮德如的妹妹,长得特别丑陋。婚礼结束后,许允已不再有进入洞房的可能,家中人深深为此忧虑。恰巧许允来了客人,妻子叫使女去看看是谁,使女回来禀告:"是桓公子。"桓公子就是桓范。妻子说:"无需担心了,桓公子一定会劝他进来的。"桓范果然对许允说:"阮家既然把丑女儿嫁给你,肯定是有用意的,你应该细心体察。"许允便回到卧室,见到妻子后,马上又想出去。妻子料想他这次出去不可能再进来,就拉住他的衣襟要他停下。许允于是对她说:"妇人应该有四德,你有其中几条呢?"妻子说:"我所缺少的只是容貌就是了。但是士人应该有各种各样的好品行,您又有几条呢?"许允说:"我全都具备。"妻子说:"各种好品行中以德行为首,您爱好女色而不爱好德行,怎么能说都具备呢?"许允面有惭愧之色,从此两人便相互敬重了。

许允妇教子免祸

许允为晋景王所诛[1]，门生走入告其妇[2]。妇正在机中，神色不变，曰："蚤知尔耳。"[3]门人欲藏其儿，妇曰："无豫诸儿事。"后徙居墓所，景王遣钟会看之[4]，若才流及父，当收。儿以咨母，母曰："汝等虽佳，才具不多，率胸怀与语，便无所忧；不须极哀，会止便止；又可少问朝事。"儿从之。会反[5]，以状对，卒免。

【注释】

① 晋景王：即司马师，三国河内温县（今河南温县西）人，字子元，司马懿之子。继其父任魏大将军，专国政。后废魏帝曹芳，立曹髦，不久病死。晋国初建，追尊为景王；司马炎称帝，上尊号为景帝。② 门生：两晋、南北朝时期依附于世家豪族的人。③ 蚤：通"早"。④ 钟会：见P20注①。⑤ 反：同"返"。

【翻译】

许允被晋景王杀害，门客跑入内宅告诉他妻子。许允的妻子正在机上纺织，神色没有改变，说："早就知道会这样的。"门客想把许允的儿子藏匿起来，她说："不关孩子们的事情。"后来迁移到许允的墓地居住，晋景王派钟会去察看许允的儿子，如果才能流品赶得上他们父亲的话，便要逮捕。孩子们向母亲求教，母亲说："你们几个虽然都很好，但是才能并不高，只要敞开心胸同他谈话，就不会有什么可忧虑的;也不要十分哀痛,该停便停;还应当稍稍问问朝中的事。"孩子们照她的话办了。钟会回去后,把情况报告晋景王,许允的儿子终于免脱了灾祸。

诸葛诞女答夫

王公渊娶诸葛诞女^①,入室,言语始交,王谓妇曰:"新妇神色卑下,殊不似公休!"妇曰:"大丈夫不能仿佛彦云^②,而令妇人比踪英杰!"^③

【注释】

① 王公渊:三国魏太原祁(今山西祁县东)人,名广,字公渊。有风度才学,声名很高。诸葛诞:见 P106 注①。② 仿佛:相像。彦云:即王凌,字彦云,王广之父,汉末曾任中山太守,仕魏任散骑常侍、兖州刺史、太尉。③ 比踪:齐步,并驾。

【翻译】

王公渊娶诸葛诞的女儿为妻,进入卧室,刚开始交谈,王便对妻子说:"你的神情卑微而低下,很不像你父亲公休!"妻子说:"作为男子汉不能像您父亲彦云那样,却要求妇道人家去同英雄豪杰媲美!"

陶公母湛氏

陶公少有大志①，家酷贫，与母湛氏同居②。同郡范逵素知名③，举孝廉④，投侃宿。于时冰雪积日，侃室如悬磬⑤，而逵马仆甚多。侃母湛氏语侃曰："汝但出外留客，吾自为计。"湛头发委地，下为二髲⑥，卖得数斛米⑦。斫诸屋柱，悉割半为薪，剉诸荐以为马草。日夕，遂设精食，从者皆无所乏。逵既叹其才辩，又深愧其厚意。明旦去，侃追送不已，且百里许⑧。逵曰："路已远，君宜还。"侃犹不返。逵曰："卿可去矣。至洛阳，当相为美谈。"侃乃返。逵及洛，遂称之于羊晫、顾荣诸人⑨，大获美誉。

【注释】

① 陶公：即陶侃。② 氏：在娘家的姓后加上"氏"字是古代称呼已婚女子的一种方式。湛氏：西晋豫章新淦（今江西清江）人，陶侃生母。③ 范逵：西晋鄱阳（治所在今江西鄱阳北）人，曾举孝廉，生平事迹不详。④ 举：推举。孝廉：选举官吏的科目，要求是孝顺廉洁，被选中的人也称为孝廉。⑤ 磬（qìng）：一种石制的敲击乐器，悬挂在架子上奏乐。室如悬磬：比喻极为贫乏，典出《左传·僖公二十六年》。⑥ 髲（bì）：假发。⑦ 斛：量器名。⑧ 许：表示大体的约数。⑨ 羊晫（zhuó）：《晋书·陶侃传》作"杨晫"，其时为豫章国郎中令，生平事迹不详。顾荣：见 P162《张季鹰鼓琴》注①。

【翻译】

　　陶公年轻时就有远大的志向,家中极为贫困,同母亲湛氏住在一道。距他家不远的范逵一向很有声名,被选拔为孝廉,有一次他到陶侃家来投宿。当时连日冰雪,陶侃家一无所有,而范逵的马匹随从很多。陶母湛氏对陶侃说:"你只管去把客人留下,我自当设法招待。"湛氏的头发长得拖到地上,剪下做成两段假发,卖去后买了几斛米。又砍下家中几根屋柱,全都劈开来当柴烧,还将草垫铡碎作为马料。到傍晚时分,便准备好了精美的食物,范逵的随从也都没有欠缺。范逵既赞叹陶侃的才干和言谈,又对他深厚的情意感到过意不去。第二天早晨离去时,陶侃追随相送不肯停止,送了将近一百里路。范逵说:"送得很远了,您应该回去了。"陶侃仍然不肯返回。范逵说:"你可以回去了。到洛阳之后,我一定替你美言扬名。"陶侃这才返回。范逵到洛阳后,向羊晫、顾荣等人赞扬陶侃,陶侃于是获得了极好的声名。

陶母封鲊责侃

　　陶公少时作鱼梁吏①,尝以坩鲊饷母②。母封鲊付使,反书责侃曰:"汝为吏,以官物见饷,非唯不益,乃增吾忧也。"

【注释】

　　① 陶公:即陶侃。鱼梁:一种捕鱼的设施,用土石横截水

流,留一缺口,让鱼随水流入竹篓一类器具中。② 坩(gān):陶土制成的盛物的器皿。鲝(zhǎ):腌制的鱼。

【翻译】

陶公年轻时担任管理鱼梁的小吏,曾把一罐子腌鱼送给母亲。母亲封好腌鱼,交还给送来的人,又写了回信责备陶侃说:"你当官吏,拿公家的东西送给我,这不但没有好处,反而会增加我的忧虑。"

桓车骑箸新衣

桓车骑不好箸新衣①,浴后,妇故送新衣与。车骑大怒,催使持去。妇更持还,传语云:"衣不经新,何由而故?"桓公大笑,箸之。

【注释】

① 桓车骑:即桓冲。

【翻译】

桓车骑不喜爱穿新衣服,洗过澡后,妻子故意送新衣服给他。车骑十分生气,催促着让人拿走。妻子又让人拿回来,并且传话说:"衣服不经过新的,又怎么会变成旧的呢?"桓公哈哈大笑,穿上了新衣服。

谢夫人大薄凝之

王凝之谢夫人既往王氏①，大薄凝之。既还谢家，意大不说②。太傅慰释之日③："王郎，逸少之子④，人身亦不恶⑤，汝何以恨乃尔？"答日："一门叔父，则有阿大、中郎⑥；群从兄弟，则有封、胡、遏、末⑦。不意天壤之中，乃有王郎！"

【注释】

① 王凝之：见 P29 注④。谢夫人：即谢道韫。② 说：同"悦"。③ 太傅：指谢安。④ 逸少：即王羲之。⑤ 不恶：不差，不错。⑥ 阿大：指谢尚。中郎：指谢据，谢安次兄，早死。古代兄弟是三人时，则称老二为中。这里谢安兄弟六人，仍称老二为中，大约是生至兄弟三人时，已称之为中，后沿用这一称呼而未改。⑦ 封：谢韶的小字。谢韶，字穆度，官至车骑司马。胡：谢朗的小字。谢朗，见 P29 注①。遏：《晋书·列女传》作"羯"，谢玄的小字。谢玄，见 P30 注②。末：谢渊（《晋书·列女传》避唐高祖李渊的名讳，改作"川"）的小字。谢渊，字叔度，官至义兴太守。

【翻译】

王凝之夫人谢道韫嫁往王家后，十分看不起凝之。回娘家来时，内心极不高兴。谢太傅宽慰她说："王公子是逸少的儿子，人才也不差，你为什么这样不满意呢？"道韫回答说："我们谢家伯父叔父之中，有阿大、中郎这样的人物；堂兄堂弟之中，又有封、胡、遏、末这样的人才。没想到天地之间，竟还有王郎这样的人！"

王夫人与顾家妇

谢遏绝重其姊①，张玄常称其妹②，欲以敌之。有济尼者，并游张、谢二家，人问其优劣，答曰："王夫人神情散朗，故有林下风气；顾家妇清心玉映③，自是闺房之秀。"④

【注释】

① 谢遏：即谢玄。其姊：指谢道韫。下文"王夫人"也是指她。② 张玄：又作张玄之（丁国钧《晋书校文》卷四认为二者同是一人，刘孝标《世说新语注》也认为同是一人），籍贯不详，字祖希，曾任吏部尚书、冠军将军、吴兴太守。③ 顾家妇：据文意，张玄之妹嫁顾氏，所以称顾家妇。④ 秀：突出的人。

【翻译】

谢遏极为推重自己的姐姐，张玄常常称赞自己的妹妹，想以此来同他媲美。有一个法号济的尼姑同张、谢两家都有交往，有人问到她两位夫人的高下，回答说："王夫人神情潇洒开朗，确有竹林名士的风度；顾夫人心灵莹洁润泽，真是一位大家闺秀。"

眼耳关于神明

王尚书惠尝看王右军夫人①，问："眼耳未觉恶不？"②答曰："发白齿落，属乎形骸；至于眼耳，关于神明，那可便与人隔！"③

【注释】

① 尚书：指吏部尚书。晋宋时尚书省分六曹治事，吏部即其中之一。吏部尚书为吏部长官，协助尚书令分职处理本部政务。王尚书惠：即王惠，晋末宋初琅邪临沂（今属山东）人，字令明，王羲之的族孙，入宋后任吏部尚书，死后追赠太常。王右军夫人：即郗璇，字子房。其时年已九十。② 恶：指官能衰退。③ 隔：隔离。眼耳是保持同外界联系的主要器官，如眼耳不灵就等于与外界隔绝。

【翻译】

尚书王惠曾去看望王右军夫人，问她："眼睛耳朵没觉得不管用吧？"王夫人回答说："头发转白，牙齿脱落，只是形体上的事；至于眼睛耳朵，却关系到精神，哪能就和人世隔绝呢！"

二十、术　解

　　《术解》与《巧艺》两门集中反映了魏晋人士的特殊才能。术解指通晓技艺，善解疑难。这里的技艺，主要指占卜和医药，还包括音乐。把这几种技艺放在一起，根源于我国古代的巫文化传统。因为上古时代的巫，就是专司占卜、医药、祭祀的，音乐则是祭祀活动中的一个重要组成部分。

　　事实上，《世说新语》作者对于占卜、祷神、信道等迷信活动，一直是疑信参半的。这在《方正》门里也有明显的反映。所以作者在这里让郭璞同善解占冢宅的晋明帝开了一个玩笑，小小地调侃了一下这种迷信活动。

　　音乐方面，作者介绍了阮咸的故事。魏晋知识分子普遍爱好音乐，曹植、阮籍、嵇康都是著名的音乐家，但其中最负盛名的仍数阮咸。在东晋人所绘《竹林七贤与荣启期图》中，阮咸被画成正在演奏乐器的样子。他手中的乐器，后世就径称作"阮咸"，至今也未曾绝响。

荀勖服阮神识

荀勖善解音声①，时论谓之"暗解"②。遂调律吕③，正雅乐④。每至正会⑤，殿庭作乐，自调宫商⑥，无不谐韵。阮咸妙赏⑦，时谓"神解"。每公会作乐，而心谓之不调，既无一言直勖⑧，意忌之，遂出阮为始平太守⑨。后有一田父耕于野，得周时玉尺，便是天下正尺。荀试以校己所治钟鼓、金石、丝竹⑩，皆觉短一黍，于是服阮神识。

186

【注释】

① 荀勖(xù)：魏晋期间颍川颍阴(今河南许昌)人，字公曾。仕魏曾任安阳令，从事中郎，入晋后又曾任秘书监、光禄大夫、尚书令、封济北郡公，固辞未受。因善解乐律，曾掌管乐事。② 暗：通"谙"，熟习。暗解：默识，见多识广。③ 律吕：古代用十二个长度不同的律管，吹出十二个高度不同的标准音，以确定乐音的高低，叫做十二律。十二律分为阴阳两类，奇数六律为阳律，也叫六律；偶数六律为阴律，也叫六吕。合称为律吕。④ 雅乐：用于郊庙朝会等隆重场合的正乐。⑤ 正会：元旦集会。⑥ 宫商：举宫商以代表五个音阶。⑦ 阮咸：西晋陈留尉氏(今属河南)人，字仲容，阮籍之侄，"竹林七贤"之一，与阮籍并称为"大小阮"，曾任散骑侍郎、始平太守。⑧ 直：这里表示"认为……正确"。⑨ 始平：郡名，治所在今陕西兴平东南。⑩ 金：指钟镈(bó，一种平口钟)。石：指磬。丝：指琴瑟。竹：指箫管。钟鼓、金石、丝竹：泛指各类乐器。

【翻译】

　　荀勖善于体会音律,世间舆论认为他见多识广。于是他调整音高,正定用于各种隆重场合的正乐。每到元旦集会时,朝廷奏乐,他亲自协调五音,韵律无不和谐调畅。阮咸的欣赏水平极为精妙,时人都认为他的领悟能力出神入化。每次集会奏乐时,他心中都认为音律不够协调,从不讲一句肯定荀勖的话。荀勖心中忌恨他,因而把他调任始平太守。后来有一个农夫在田野里耕地,得到了一根周代的玉尺,这便是天下的标准尺。荀勖试着用它来校正自己定音的各种乐器,律管都要短一粒黍米那么长,于是才叹服阮咸神妙的见识。

晋明帝问葬

　　晋明帝解占冢宅①,闻郭璞为人葬②,帝微服往看③,因问主人:"何以葬龙角④? 此法当灭族。"主人曰:"郭云此葬龙耳,不出三年,当致天子。"⑤帝问:"为是出天子邪?"答曰:"非出天子,能致天子问耳。"

【注释】

　　① 晋明帝:即司马绍。占:占卜,一种预测吉凶的迷信方法。② 郭璞:东晋河东闻喜(今属山西)人,字景纯,博学而喜阴阳卜筮之术。曾任著作佐郎,后任王敦记室参

军。王敦谋反,命其卜筮,他说必定失败,因而被杀。③ 微服:帝王、官吏为隐瞒自己的身份而改换平民的服装。
④ 龙角:古代占冢宅的方法认为,墓地的整体要厚实,地形要高敞,前要有水涧,后要有山冈;同时把整个墓地比附为一条龙的形状。如果把棺柩埋葬在龙的鼻子或额头上,就会大吉大利;埋葬在龙的两角或眼睛上,就要全族灭亡。
⑤ 致:招引,招致。这句的"致"字可以有两种理解,一种指可以使得死者家中产生一位天子,另一种指可以使得天子到这里来。下文晋明帝的问话是第一种含义,主人转述郭璞的话是第二种含义。

【翻译】

晋明帝会给坟墓看风水,听说郭璞给人家选择葬地,便装扮成普通百姓前去观看,随后问主人:"为什么埋葬在龙角上? 这种做法是要灭族的。"主人说:"郭璞讲这是葬在龙耳上,不出三年,就能够招引来天子。"明帝问:"是家中出天子吗?"主人回答说:"不是家中出天子,而是能够招引天子来询问啊。"

郗愔常患腹内恶

郗□信道甚精勤①,常患腹内恶,诸医不可疗。 闻于法开有名②,往迎之。 既来,便脉云:"君侯所患③,正是精进太过所致耳。"合一剂汤与之④。 一服,即大下,去数段许纸⑤,如拳大,剖看,乃先所服符也⑥。

【注释】

①郗愔：见P132 注①。②于法开：东晋僧人，精于医术，生平事迹不详。③君侯：对官位高贵者的尊称。④汤：指中药汤剂。⑤许：大体相当的意思。⑥符：也叫符箓，道士写在纸上用以驱鬼治病的神秘符号，以水服下，据说可以祛病延年。

【翻译】

郗愔信奉道教非常虔诚勤勉，经常感到肚子里不舒适，许多医生都无法治好。他听说于法开很有名气，便去接他来。于法开来后就诊脉，说："您所患的病，正是虔诚过分造成的。"配了一剂汤药给他。一服药马上大泻，泻出好几段纸团，有拳头那么大小，剖开一看，竟是先前吞下去的符箓。

殷中军妙解经脉

殷中军妙解经脉①，中年都废②。有常所给使，忽叩头流血。浩问其故，云："有死事，终不可说。"诘问良久，乃云："小人母年垂百岁，抱疾来久，若蒙官一脉③，便有活理。乞就屠戮无恨。"浩感其至性，遂令舁来，为诊脉处方。始服一剂汤便愈。于是悉焚经方④。

【注释】

① 殷中军：即殷浩。经脉：中医学把人体中气血运行的通路叫经脉。这里指经络脉理，也即中医治病的道理。② 中年：古代一般指四十岁上下。③ 官：卑贱者对尊贵者的尊称，常用于臣下称呼君主、奴仆称呼主人、姬妾称呼夫主。④ 经方：指殷浩所著的医药方书，其中记载了对症药方及治疗办法。

【翻译】

殷中军精通医术，中年之后全都丢开不用了。有一名经常使唤的仆役，突然跪下连连叩头，以至流血。殷浩问他缘故，说："有件关系到死的事，但终竟不应当说。"追问了很久，才说："小人的母亲将近百岁了，得病已经很久，假如蒙您给她诊一次脉，就有救活的可能。治好病后，我就是被杀也不抱怨。"殷浩被他深厚的孝心所感动，便让抬来，给病人诊脉开处方。刚刚服下一剂汤药，病便痊愈。于是殷浩将其所著的医药方书全部焚毁了。

二十一、巧　艺

　　魏晋时期的艺术分类，与现代大致相同，包括书法、绘画、雕塑、建筑，还有棋艺与骑射（这二者现代归入体育）。其中，绘画特别受到时人的重视。这大约是因为魏晋重视人物神明，而绘画可以较为直观地表现人物神明的缘故。

　　魏晋艺术家不仅努力用自己的艺术实践来表现人物神明，而且力图在理论上也作出总结。东晋大画家顾恺之就是这方面的杰出代表。他在当时的"得意忘形"这一重要哲学思想的影响下，提出了"以形写神"的创作原则，由是产生了"传神阿堵"的故事。他认为，对于那些最能表现人物神明的部分，如眼睛，必须认真刻画；而对于人体中那些"无关妙处"也即无关神明的部分，如四肢，则可忽略不论。顾恺之还把魏晋清谈中以自然美比附人格美的方法应用到人物画里。如他以岩石作为谢鲲画像的背景，就是借与人物情性相呼应的自然环境来表现人物神明的一种尝试。

总之,《巧艺》的价值不仅在于它所记载的故事的生动性上,同时还表现在其中反映出的魏晋艺术思想的深刻与精辟上。

钟会与荀济北

钟会是荀济北从舅①,二人情好不协。 荀有宝剑,可直百万②,常在母钟夫人许。 会善书,学荀手迹,作书与母取剑,仍窃去不还。 荀勖知是钟而无由得也,思所以报之。 后钟兄弟以千万起一宅③,始成,甚精丽,未得移住。 荀极善画,乃潜往画钟门堂作太傅形象④,衣冠状貌如平生。 二钟入门,便大感恸,宅遂空废。

【注释】

① 荀济北:即荀勖。② 直:表示"与……价值上相当",同"值"。③ 钟兄弟:指钟毓、钟会二人。下文"二钟"也指他们。④ 太傅:这里指钟繇。形象:又写作"形像",相貌形状。

【翻译】

钟会是荀济北的堂舅,两人感情不和。荀勖有一把宝剑,大约值一百万钱,常常放在母亲钟夫人那里。钟会擅长书法,摹仿荀勖的字迹,写信给母亲要宝剑,于是骗取到手便不再归还。荀勖知道这事是钟会干的,但却无法要回,就想办法报复他。后来钟氏兄弟花一千万钱修建一座住宅,刚刚建成,很精致漂亮,尚未搬过去住。荀勖极擅长绘画,便偷偷地跑到新宅门堂上画了一幅钟太傅的肖像,衣冠容貌同活着时一样。钟氏兄弟入门见后,就极度悲痛,这所住宅便一直闲置未用。

戴安道画行像

戴安道中年画行像甚精妙①。庚道季看之②,语戴云:"神明太俗,由卿世情未尽。"戴云:"唯务光当免卿此语耳。"③

【注释】

① 戴安道:即戴逵。② 庚道季:即庚龢。③ 务光:夏代末年隐士,相传商汤要把天下让给他,他耻于接受,投水而死。

【翻译】

戴安道中年后画遗像极为逼真。庚道季见到后,对他说:"神情画得过于俗气,大概因为你世俗的情恋尚未除尽。"戴安道说:"只有务光才能免去你的这番评论。"

谢幼舆在岩石里

顾长康画谢幼舆在岩石里①。人问其所以,顾曰:

"谢云：'一丘一壑②，自谓过之。'此子宜置丘壑中。"③

【注释】

① 顾长康：东晋晋陵无锡（今属江苏）人，名恺（kǎi）之，字长康。曾任桓温及殷仲堪参军，后又任通直散骑常侍，多才多艺，有"才绝、画绝、痴绝"之称。谢幼舆：东晋陈郡阳夏（今河南太康）人，名鲲，字幼舆，避乱南下后，曾任王敦长史、豫章太守。② 一丘一壑：参见 P150 注⑩。谢鲲所说的"一丘一壑，自谓过之"，是回答晋明帝问他同庾亮相比自己评价如何的话（见《晋书·谢鲲传》）。他自认为在朝廷上处理政务比不上庾亮，但在深山幽谷中陶冶性情则超过庾亮。③ 子：对人的尊称。

【翻译】

顾长康画了一幅谢幼舆在岩石中的画像。有人问他这样画的原因，他回答："谢曾经说过：'在深山幽谷中陶冶性情，我自认为超过庾亮。'所以这位先生应该安置在深山幽谷中。"

顾长康不点目精

顾长康画人，或数年不点目精。人问其故，顾曰："四体妍蚩①，本无关于妙处；传神写照，正在阿堵中。"②

【注释】

　　① 蚩(chī)：丑,同"媸"。妍(yán)蚩：美丑。 ② 阿堵：这,这个。

【翻译】

　　顾长康画人像,有时好几年都不点上眼睛。有人问他什么缘故,他说:"形体的美与丑,本来就不牵涉到神妙之处;画像要传神,正在这里面。"

二十二、宠　礼

　　宠礼指君对臣、官长对属下的恩宠优礼。这类特殊的人际关系，往往能反映出时代的某些特点。东晋开国之君元帝司马睿与丞相王导本为君臣关系，然而元帝登基时竟拉王导同坐受贺。这一乖谬常理的举动，一方面反映了整个魏晋南北朝士族政权的特点：皇权不再具有两汉那样的权威，而成为大族力量平衡的产物；士族对皇帝不存有过多的依赖，倒是皇帝对士族领袖往往存有惧惮之心。另一方面，这一行动也反映了东晋初年的特殊形势：作为西晋宗室支系的司马睿，本无继承皇位的可能，然而西晋已亡，中原沦丧，江东地区则是旧日东吴士族的势力范围，为了借晋室的正统名位来安抚江东士庶，巩固北来士族在江东的地位，深谋远虑的北方士族领袖王导推出了司马睿。此时司马睿内心的忧虑、惶恐可想而知。他深知自己的地位只有倚仗士族领袖的支持才能巩固，这才演出了强邀丞相同登御床的一幕。

太阳与万物同辉

元帝正会①，引王丞相登御床②，王公固辞，中宗引之弥苦③。王公曰："使太阳与万物同辉，臣下何以瞻仰！"

【注释】

① 元帝：即晋元帝司马睿。② 王丞相：即王导。御床：帝王用的坐具。③ 中宗：晋元帝的庙号（帝王死后在太庙里受奉祀时被追尊的名号，也是后代对去世帝王的一种称呼）。苦：表程度更深。

【翻译】

晋元帝元旦集会，拉王丞相一道登御座，王公坚决推辞，元帝越发苦苦地拉他。王公说："如果太阳与万物一起发出光辉，那么做臣子的又怎能瞻仰呢！"

髯参军，短主簿

王珣、郗超并有奇才，为大司马所眷拔①。珣为主簿，超为记室参军②。超为人多髯③，珣状短小。于时荆州为之语曰④："髯参军，短主簿，能令公喜⑤，能令公怒。"

【注释】

① 大司马：这里指桓温。② 记室参军：参军之一种，

掌管章表书记文檄。③ 髯(rǎn):面颊上的胡须。④ 荆州:州名,治所在今湖北荆州。⑤ 公:古代对人的尊称。能令公喜,能令公怒:意思是他们受到桓温的宠信,并且能左右桓温的喜怒好恶等感情。

【翻译】

　　王珣与郗超都有突出的才能,受到大司马桓温的爱重提拔。王珣担任主簿,郗超担任记室参军。郗超的胡须浓密,王珣的形体矮小。当时荆州地方给他们编了歌谣说:"大胡子参军,矮个子主簿,能让大司马欢喜,能让大司马发怒。"

二十三、任　诞

　　司马氏在篡夺曹魏政权前后,借口"以孝治天下"来镇压对立派士族的反抗。大批名士对这种虚伪残忍的态度十分不满,除了纷纷退隐之外,任诞也是他们表示对抗的一种方式。以嵇康、阮籍为首的"竹林七贤",就是这方面的代表人物。

　　所谓任诞,就是任性放诞。它首先表现为不遵礼法。如阮籍居丧时饮酒食肉,嫂嫂归家时,他无视"叔嫂不通问"的礼制,公然与之打话道别,并宣称:"礼岂为我辈设也!"任诞的另一显著表现是饮酒,刘伶酒后脱衣裸形在屋中,"人见讥之,刘曰:'我以天地为栋宇,屋室为裈衣,诸君何为入我裈中?'"原来刘伶是以"幕天席地,纵意所如"的大人先生自居(见刘伶《酒德颂》),在险恶的现实环境中向往着一种绝对自由的境地。这种境地,清醒中当然不可得,于是借酒麻醉,在迷糊的幻境中求得满足。"三日不饮酒,觉形神不复相亲","使我有身后名,不如即时一杯酒","拍浮酒池中,便足了一生","痛饮酒,熟读《离骚》,便可称名士"。《任诞》门中载述的这一曲曲献给酒神的赞歌,究其实质,都是要借酒消释心中的愤懑,逃避黑暗的现实。

然而,嵇、阮等人的任诞,是出于对司马氏亵渎礼教、利用礼教的愤恨,"不平之极,无计可施,激而变成不谈礼教、不信礼教,甚至于反对礼教。……至于他们的内心,恐怕倒是相信礼教,当作宝贝"(鲁迅《魏晋风度及文章与药及酒之关系》)。刘孝标《世说新语注》引《竹林七贤论》说:"是时竹林诸贤之风虽高,礼教尚峻,迨元康(西晋惠帝年号)中,遂至放荡越礼。"正因为七贤声誉甚高,西晋立国后贵游子弟争相仿效七贤的任诞行为,表面上是附庸风雅,实则为自己的纵欲放荡寻找借口,后代遂将晋代淫佚之风归咎于七贤。其实二者的性质是根本不同的,这一点,我们在阅读时,应结合魏晋历史细加辨析。

竹 林 七 贤

陈留阮籍、谯国嵇康、河内山涛三人年皆相比[①],康年少亚之。 预此契者[②],沛国刘伶、陈留阮咸、河内向秀、琅邪王戎[③]。 七人常集于竹林之下,肆意酣畅,故世谓"竹林七贤"。

【注释】

① 陈留：国名，治所在今河南开封东南。阮籍：见 P8 注①。谯：郡名，治所在今安徽亳州。谯在三国期间置为郡，西晋期间置为国，这里是用西晋时的名称记述。嵇康：见 P46 注②。河内：郡名，治所在今河南武涉西。山涛：见 P30 注①。② 契：相合。③ 沛：国名，治所在今安徽濉溪西北。刘伶：见 P148 注①。阮咸：见 P186 注⑦。向秀：见 P48 注②。琅邪：国名，治所在今山东临沂北。王戎：见 P77 注①。

【翻译】

陈留阮籍、谯国嵇康、河内山涛三人年龄相近，其中嵇康稍小一些。参加他们聚会的还有：沛国刘伶、陈留阮咸、河内向秀、琅邪王戎。这七人常常在竹林之下会集，纵情畅饮，所以世间把他们称为"竹林七贤"。

阮籍丧母食酒肉

阮籍遭母丧，在晋文王坐进酒肉①。司隶何曾亦在坐②，曰："明公方以孝治天下③，而阮籍以重丧显于公坐饮酒食肉，宜流之海外④，以正风教。"文王曰："嗣宗毁顿如此⑤，君不能共忧之，何谓？ 且有疾而饮酒食肉，固丧礼也。"⑥籍饮啖不辍，神色自若。

【注释】

① 晋文王：即司马昭。② 司隶：即司隶校尉。何曾：三国魏陈郡阳夏（今河南太康）人，字颖考，曾任司隶校尉、尚书、镇北将军，入晋后官至太宰。③ 明公：对有爵位的权贵长官的尊称。④ 海外：本指我国国境以外的地方，这里泛指边远地区。⑤ 毁顿：指居丧过哀而导致极度疲惫。⑥ 固丧礼也：据《礼记·曲礼》中说，居丧时如身体疲乏不舒适可以饮酒食肉，这也合于丧礼；如居丧不能坚持到底才是最大的不孝。

【翻译】

阮籍为母亲服丧期间，在晋文王席间饮酒吃肉。司隶何曾也在座，他对晋文王说："您正主张用孝道来治理天下，但是阮籍重丧在身，公然在您席间饮酒吃肉，应当把他放逐到边地，以端正风尚教化。"晋文王说："阮嗣宗已经如此哀伤疲惫了，您不能为他分忧，还这样讲做什么呢？再说身体不适而饮酒吃肉，本来也是合乎丧礼的事。"阮籍吃喝不停，神色自若。

刘伶脱衣裸形

刘伶恒纵酒放达，或脱衣裸形在屋中。人见讥之，伶曰："我以天地为栋宇①，屋室为裈衣，诸君何为入我裈中！

【注释】

① 栋宇：本指房屋的正中与四面边沿，这里泛指房屋。

【翻译】

刘伶常常纵情狂饮，放荡不羁，有时脱得一丝不挂地呆在屋中。有人看见后讥讽他，他说："我以天地作为房屋，以居室作为衣裤，各位先生为什么要跑进我的裤子中来！"

阮籍嫂还家

阮籍嫂尝还家，籍见与别。 或讥之，籍曰："礼岂为我辈设也！"①

【注释】

① 礼：礼制，指《礼记·曲礼》中关于嫂嫂与小叔之间不能相互问候的规定。

【翻译】

阮籍的嫂嫂有一次回娘家，阮籍见到后与她道别。有人讥讽他不守礼制，阮籍说："礼制难道是为我们这些人设立的吗？"

不如即时一杯酒

张季鹰纵任不拘①，时人号为"江东步兵"②。或谓之曰："卿乃可纵适一时，独不为身后名邪？"答曰："使我有身后名，不如即时一杯酒！"

【注释】

① 张季鹰：即张翰。② 步兵：即步兵校尉，率领宿卫部队。担任此职的不一定是武人。江东步兵：这里是把张翰比作阮籍。阮籍曾任步兵校尉，人称"阮步兵"，而张翰是吴郡人，地处江东，所以这么说。

【翻译】

张季鹰为人放任而不拘礼节，当时的人称他为"江东步兵"。有人对他说："你眼下只顾尽情舒适享乐，难道就不考虑死后的名声吗？"他回答说："与其让我有死后的名声，还不如现时来一杯酒！"

孔群好饮酒

鸿胪卿孔群好饮酒①，王丞相语云②："卿何为恒饮酒？不见酒家覆瓿布③，日月糜烂？"群曰："不尔。不见糟肉乃更堪久？"群尝书与亲旧："今年田得七百斛秫米④，不了曲糵事。"⑤

【注释】

① 鸿胪卿：官名，主管朝贺庆吊等礼仪。孔群：东晋会稽山阴（今浙江绍兴）人，字敬林（刘孝标《世说新语注》引《会稽后贤记》作"敬休"，此据《晋书·孔群传》），官至御史中丞。② 王丞相：即王导。③ 瓿（bù）：一种陶制容器，这里指酒坛。④ 斛：量器名。⑤ 曲蘖：本指酒母，这里指酿酒。

【翻译】

鸿胪卿孔群爱好饮酒，王丞相对他说："你为什么总是饮酒呢？没看见酒店里盖酒坛的布，时间一长就腐烂了吗？"孔群说："不是这样。您没看见用酒糟过的肉，更能耐久吗？"孔群曾经给亲友写信说："今年收了七百斛高粱米，不足以应付酿酒的事。"

王子猷令种竹

王子猷尝暂寄人空宅住，便令种竹。或问："暂住何烦尔？"王啸吟良久，直指竹曰："何可一日无此君！"①

【注释】

① 君：这里用拟人化的手法把竹子比作气质高雅而又富有才德的人。

【翻译】

王子猷曾经暂时寄住在别人的空宅里,随即就让人种竹子。有人问他:"暂时住一住,何必这样麻烦呢?"王子猷长啸吟咏了许久,指着竹子说:"哪能一天没有这位君子呢!"

王子猷夜往剡

王子猷居山阴[①],夜大雪,眠觉,开室,命酌酒。四望皎然,因起仿偟,咏左思《招隐诗》[②]。忽忆戴安道,时戴在剡,即便夜乘小船就之,经宿方至,造门不前而返。人问其故,王曰:"吾本乘兴而行,兴尽而返,何必见戴!"

【注释】

① 山阴:地名。② 左思:见 P147《潘岳出洛阳道》注①。

【翻译】

王子猷住在山阴时,夜里下大雪,醒来后,打开房门,叫人斟上酒。往四面望去,一片皎洁,于是起身徘徊,吟咏左思的《招隐诗》。忽然之间想起了戴安道,当时戴正在剡县,王子猷当即乘着小船连夜赶到他那里去,经过一整夜才到达,到了门前却不进去而又返回山阴。有人问他为什么这样,他说:"我本是乘兴而去,兴尽后回来,又为什么一定要见戴安道呢！"

温 酒 流 涕

桓南郡被召作太子洗马^①，船泊荻渚^②，王大服散后已小醉^③，往看桓。桓为设酒，不能冷饮，频语左右令"温酒来"，桓乃流涕呜咽。王便欲去，桓以手巾掩泪，因谓王曰："犯我家讳^④，何预卿事！"^⑤王叹曰："灵宝故自达！"

【注释】

① 桓南郡：即桓玄，小字灵宝。太子洗马：官名，掌管宾赞受事，太子外出时担任前导，晋代开始又掌管秘书图籍。② 荻渚(zhǔ)：地名，故址在今湖北江陵附近。③ 王大：即王忱。服散：参见 P103 注③"行散"注。服散后不能饮冷酒，否则不利于药性散发。④ 家讳：参见 P96 注②"讳"注。桓玄父名温。⑤ 预：关系到，关涉。

【翻译】

桓南郡被任命为太子洗马后，乘船停泊在荻渚，王大服散后已有些醉意，去看望桓。桓为他备办了酒宴，王大不能饮冷酒，不停地告诉侍从"温酒来喝"，桓南郡便流泪哽咽起来。王大就想离去，桓南郡用手巾抹泪，对王大说："犯了我的家讳，关你什么事呢！"王大赞叹他说："桓灵宝确实旷达！"

王孝伯谈名士

王孝伯言：“名士不必须奇才，但使常得无事，痛饮酒，熟读《离骚》①，便可称名士。”

【注释】

①《离骚》：《楚辞》篇名，屈原作，集中反映了作者的爱国精神以及思想上的苦闷。

【翻译】

王孝伯说：“名士不一定需要突出的才能，只要能常常无事，痛快地饮酒，熟读《离骚》，就可以称为名士。”

二十四、简 傲

简傲,指为人怠慢、倨傲。这也是魏晋名士的一种风气,它起源于对礼法利禄之士的鄙视,如本门所载嵇康对钟会的态度便属此类。钟会其人,是司马氏的鹰犬,多次参与对曹党名士的迫害;而且为人阴险,虽有才能但品格卑下,嵇康很看不起他。而在钟会这边,却屡屡想求得著名学者嵇康的赏识(见《文学》门"钟会撰《四本论》"条),但终因嵇康的一再拒绝,尤其是这一次专程拜访受到的冷遇,而衔恨在心,最后成为杀害嵇康的主谋。可见魏晋时名士的简傲,一般是事出有因,而且往往要付出沉重的代价。所以这种行为还是值得敬重的。也正因为嵇康等人的行为受人敬重,晋世贵游子弟纷纷起而仿效,结果漫衍成一种傲慢无礼、自命清高、不务实事的风气。如王献之兄弟的简傲便属此类,这就非但不可敬,简直令人生厌了。

钟士季寻嵇康

钟士季精有才理,先不识嵇康。钟要于时贤俊之士,俱往寻康①。康方大树下锻,向子期为佐鼓排②。康扬槌不辍,傍若无人③,移时不交一言。钟起去,康曰:"何所闻而来?何所见而去?"钟曰:"闻所闻而来,见所见而去。"

【注释】

① 要:通"邀"。② 排:通"韛(bèi)",一种皮革制成的鼓风吹火器。③ 傍:通"旁"。

【翻译】

钟士季很有才思,起初不认识嵇康。钟邀请了当时的名流人物,一起去探访嵇康。嵇康正在大树下打铁,向子期帮着拉风箱。嵇康不停地挥动铁槌,好像旁边没有外人一样,过了好一会儿都没有同他们讲话。钟士季起身准备离去,嵇康说:"你听到了什么而来?见到了什么而去?"钟回答说:"听到了所听到的东西才来的,见到了所见到的东西才走的。"

王子猷署马曹

王子猷作桓车骑骑兵参军①。桓问曰:"卿何署?"答曰:"不知何署,时见牵马来,似是马曹。"②

桓又问："官有几马？"答曰："'不问马'③，何由知
其数？"又问："马比死多少？"答曰："'未知生，焉
知死！'"④

【注释】

① 桓车骑：即桓冲。骑兵参军：参军之一种，掌管马
畜牧养、供给等事。② 马曹：管理马匹的官署。③ 不问马：
这是引用《论语·乡党》中的文句。原文的意思是：孔子听
说马棚失火后，只问有没有伤人，而不问及马。④ 未知生，
焉知死：这是引用《论语·先进》中的文句。原文的意思
是：子路向孔子请教关于死的问题，孔子没有正面回答，只
是说："生的道理还没有弄明白，怎么能够懂得死！"

【翻译】

王子猷担任桓车骑的骑兵参军。桓问他："你在哪个
部门？"回答说："不知在哪个部门，经常见到有人牵马来，
好像是在马曹。"桓又问："官府中一共有多少马匹？"回答
说："'不问马'，哪能知道它的数目呢？"桓又问："近来马匹
死了多少？"王子猷回答说："'未知生，焉知死！'"

子敬兄弟见郗公

王子敬兄弟见郗公①，蹑履问讯②，甚修外生礼。
及嘉宾死③，皆箸高屐④，仪容轻慢。命坐，皆云：
"有事，不暇坐。"既去，郗公慨然曰："使嘉宾不死，

鼠辈敢尔！"⑤

【注释】

① 郗公：即郗愔。郗愔与王子敬兄弟是舅甥关系。
② 屦：是一种用草、麻、皮、丝之类制成的单底鞋子，可供正式场合穿着。③ 嘉宾：即郗超。④ 屐：魏晋南北朝期间，木屐主要用来登山，或在家中不见宾客时穿着。由于不是正服，外出或见长辈时穿着木屐是不礼貌的。⑤ 鼠辈：骂人的话，等于说老鼠一类的东西。

【翻译】

王子敬兄弟去见郗公时，穿着出客的鞋子，恭敬地问候，很注意做外甥的礼节。等到嘉宾死后，则都穿着高底的木屐，神态轻慢。郗公叫他们坐，都说："有事情，没时间坐。"他们走后，郗公感慨地说："如果嘉宾不死，鬼东西们哪敢这样！"

王子敬游名园

王子敬自会稽经吴①，闻顾辟疆有名园②，先不识主人，径往其家。值顾方集宾友酣燕③，而王游历既毕，指麾好恶④，傍若无人。顾勃然不堪曰："傲主人，非礼也；以贵骄人，非道也。失此二者，不足齿人⑤，伧耳！"⑥便驱其左右出门。王独在舆上，回转顾望，左右移时不至，然后令送箸门外，怡然不屑。

【注释】

① 吴：这里指吴县，治所在今江苏苏州。② 顾辟疆：东晋吴郡（治所在今江苏苏州）人，曾任郡公曹、平北参军。③ 燕：通"宴"。④ 麾：通"挥"。⑤ 人：当据沈宝砚校本《世说新语》作"之"。⑥ 伧（cāng）：粗野，鄙陋。东晋南北朝期间，南方人常以此讥骂北方人。

【翻译】

王子敬从会稽回来经过吴郡，听说顾辟疆家有一座名园，先前他并不认识顾辟疆，但还是直接到他家去。正碰上顾在宴请宾友畅饮，而王游览完毕后，指点评论，好像旁边没有主人一样。顾难以忍受，十分生气地说："看不起主人，这是非礼的行为；依仗高位轻视他人，不是做人的道理。无视礼仪又不讲道理，只是一个不值一提的伧父而已！"于是把王的随从赶出门外。王独自坐在轿子中，四处顾望，随从许久也没有来，顾辟疆才让人把他送到门外，王的脸上依旧是一副不予理会的安适神态。

二十五、 排　调

　　排调一般指朋友之间善意的嬉谑调笑。本门类所收排调之辞，多数出自当时名士之口，十分风趣优美，显示了魏晋名士的才华与修养。如周颛回答王导的调笑说，自己的大肚子中"空洞无物，但容卿辈数十人"。张玄之反驳先辈嘲弄他口中如狗洞大开，说："正使君辈从此中出入！"这些玩笑无伤大雅，但读来令人解颐。另有些排调之辞颇富文学意味，如文士陆云与荀隐初次见面，自我介绍时不作常语，而以诗赋作答，相互嘲戏，既富机趣，又极有文采。还有些排调之辞，包含着深奥的哲理，如桓温说桓豹奴与其舅"不恒相似，时似耳！恒似是形，时似是神"。搞得自命风雅、看不起舅舅的桓豹奴十分不快。从中也可以看出魏晋时对人物神明的认识与重视。

　　也有一些排调之辞，涉及严肃的论题。如支遁向竺法深买岫山作为幽栖之所，深公答道："未闻巢、由买山而隐！"谢安一向以隐逸自高，

最终出仕,郝隆借药草远志又名小草来讥笑他:
"处则为远志,出则为小草。"这些对于假隐士的
讽刺揭露,对当时社会虚假的隐逸之风,有一定
的针砭作用。

荀鸣鹤与陆士龙

荀鸣鹤、陆士龙二人未相识①,俱会张茂先坐②。
张令共语③,以其并有大才,可勿作常语。 陆举手曰:
"云间陆士龙。"④荀答曰:"日下荀鸣鹤。"⑤陆曰:
"既开青云睹白雉⑥,何不张尔弓⑦,布尔矢?"荀答
曰:"本谓云龙骙骙⑧,定是山鹿野麋,兽弱弩强,是以
发迟。"张乃抚掌大笑。

【注释】

① 荀鸣鹤:西晋颖川(治所在今河南许昌)人,名隐,
字鸣鹤,曾任太子舍人、廷尉平。陆士龙:见 P68 注④。
② 张茂先:西晋范阳方城(今河北固安南)人,名华,字茂
先,历任中书令、都督幽州诸军事、侍中、司空。③ 共:袁氏
本《世说新语》作"其",现据影宋本《世说新语》改作"共"。
④ 云间:云彩之间。因为陆云名云,字又叫士龙,所以这
样说。后世就把陆云家乡所在地(本属吴郡吴县,元代时
改属松江府)称为云间。⑤ 日下:太阳之下。因为荀隐的
家乡靠近京都,所以这样说。后世就把京都称为日下。
⑥ 白雉(zhì):白色的野鸡。雉与日音相近,陆云取白雉谐

音白日以相戏谑。⑦ 尔：其时荀隐年不足二十，陆云年长，加上排调时不拘礼节，所以用"尔"。⑧ 骙（kuí）骙：强壮的样子。

【翻译】

荀鸣鹤、陆士龙二人互不相识，一起在张茂先席间会了面。张让两人交谈，因为他们都有杰出的才能，要他们别说些通常的言谈。陆举起手说："我是云间陆士龙。"荀回答说："我是日下荀鸣鹤。"陆又说："乌云已经散开，见到了白雉，为何不张开你的弓，搭上你的箭？"荀回答说："本认为是条强壮的云间龙，却原来只是山野间的麋鹿，兽弱而弓强，所以才迟迟发箭。"张茂先于是拍手大笑。

能容卿辈数百人

王丞相枕周伯仁膝①，指其腹曰："卿此中何所有？"答曰："此中空洞无物，然容卿辈数百人。"

【注释】

① 王丞相：即王导。周伯仁：即周颙。

【翻译】

王丞相头枕在周伯仁膝上，指着周的肚子问："你这肚子里有些什么东西？"周回答说："这里面空洞无物，但是能够容下你们这样的几百个人。"

支道林买岇山

支道林因人就深公买印山[1]，深公答曰："未闻巢、由买山而隐。"[2]

【注释】

① 支道林：见 P42 注①。深公：即竺道潜。印山：当据《高僧传·竺道潜传》《世说新语·言语》作"岇（àng）山"。岇山，山名，在今浙江嵊州。② 巢：指巢父（fǔ），古代隐士。相传尧将君位让给他，他不受。由：指许由，古代隐士。相传尧将君位让给他，他逃至箕山下农耕而食。

【翻译】

支道林托人向深公买岇山，深公回答说："没听说过巢父、许由买山来隐居。"

张吴兴亏齿

张吴兴年八岁[1]，亏齿[2]，先达知其不常[3]，故戏之曰："君口中何为开狗窦？"张应声答曰："正使君辈从此中出入。"

【注释】

① 张吴兴：即张玄。② 亏齿：指幼年换牙时门齿脱落。③ 先达：有德行学问而又声位显达的前辈。

【翻译】

张吴兴八岁时，门齿脱落，先辈知道他不平凡，故意戏弄他说："您口中为什么开了狗洞？"张随声回答说："正是让您这类人物从这里出入。"

郝隆日中仰卧

郝隆七月七日出日中仰卧①，人问其故，答曰："我晒书。"

【注释】

① 郝隆：东晋汲郡（治所在今河南汲县西南）人，字佐治，官至征西参军。

【翻译】

郝隆七月七日这一天到太阳下面仰卧着，有人问他做什么，他回答说："我晒书。"

谢 公 出 仕

谢公始有东山之志①，后严命屡臻，势不获已，始就桓公司马。 于时人有饷桓公药草，中有远志。 公取以问谢："此药又名小草，何一物而有二称？"谢未即答。

时郝隆在坐，应声答曰："此甚易解。处则为远志②，出则为小草。"③谢甚有愧色。桓公目谢而笑曰："郝参军此通乃不恶④，亦极有会。"

【注释】

① 谢公：即谢安。东山：见 P81 注①。因谢安早年曾隐居于此，所以用"东山之志"来表示隐居的志向。② 处：指隐居山林。③ 出：指出来任官。④ 不恶：不差，不错。

【翻译】

谢公起初抱有隐居山林的志向，后来官府征召的命令屡次下达，势不得已，才就任桓公属下的司马。当时有人送给桓公一些草药，其中有远志，桓公拿它问谢："这种药又叫做小草，为什么一种东西却有两个名称呢?"谢没有立即回答。这时郝隆也在座，随声回答说："这很容易解释。隐处山中时是远志，出了山就是小草。"谢深感惭愧。桓公看看谢笑着说："郝参军这一阐发确实不坏，也极有意味。"

阿翁以子戏父

张苍梧是张凭之祖①，尝语凭父曰②："我不如汝。"凭父未解所以，苍梧曰："汝有佳儿。"凭时年数岁，敛手曰："阿翁，讵宜以子戏父!"

【注释】

① 张苍梧：即张镇，西晋吴郡吴县(今江苏苏州)人，

字义远,曾任苍梧太守,封兴道县侯。张凭:见 P60 注②。
② 凭父:其名字及生平事迹未详。

【翻译】

张苍梧是张凭的祖父,曾经对张凭的父亲说:"我不如你。"张凭父亲不理解这样说的原因,张苍梧说:"你有一个好儿子。"张凭当时只有几岁,恭敬地拱手说:"阿爷,哪能用儿子来戏弄父亲呢!"

桓豹奴似其舅

桓豹奴是王丹阳外生①,形似其舅,桓甚讳之。宣武云②:"不恒相似,时似耳! 恒似是形,时似是神。"桓逾不说③。

【注释】

① 桓豹奴:即桓嗣,东晋谯国龙亢(今安徽怀远西)人,字恭祖,小字豹奴,官至江州刺史。王丹阳:即王混,东晋琅邪临沂(今属山东)人,字奉正,官至丹阳尹。③ 宣武:指桓温。③ 逾:通"愈"。说:同"悦"。

【翻译】

桓豹奴是王丹阳的外甥,容貌像他舅舅,桓很忌讳这一点。桓宣武对他说:"也不总是相似,只是偶尔相似罢了! 总是相似的,只是外形;偶尔相似的,则是神采。"桓豹奴更加不高兴。

簸 扬 洮 汰

王文度、范荣期俱为简文所要^①，范年大而位小，王年小而位大。将前，更相推在前。既移久，王遂在范后。王因谓曰："簸之扬之，糠秕在前。"^②范曰："洮之汰之^③，沙砾在后。"

【注释】

① 范荣期：即范启。简文：即简文帝司马昱。要：通"邀"。② 糠秕：谷类中的皮壳及瘪粒。③ 洮：通"淘"。

【翻译】

王文度、范荣期都受到简文帝的邀请，范年龄大而官位低，王年龄小而官位高。正要向前走的时候，两人相互推让，让对方走在前面。推让许久以后，王最终走在范的后面。王于是对范说："播谷扬谷，糠秕飘在前面。"范荣期说："淘米洗米，砂砾落在后面。"

顾长康啖甘蔗

顾长康啖甘蔗，先食尾。人问所以，云："渐至佳境。"

【翻译】

顾长康吃甘蔗,先吃甘蔗梢。有人问他什么缘故,他说:"渐渐地到达美好境界。"

二十六、轻　诋

　　轻诋是一方对另一方的轻蔑之辞，含有较多的贬意。但由于发言者多为有才华的名士，出言含蓄，又使得这类轻诋之辞绝不同于肆言漫骂，有时甚至还很有风趣。如支遁嘲笑"独抱遗经，谨守家法"的王坦之："箸腻颜帢，**绨**布单衣，挟《左传》，逐郑康成车后，问是何物尘垢囊！"颜帢是魏代时装，到了东晋显然不合时宜，尘垢囊即垃圾袋。这是实写王坦之衣着的破敝过时，又象征了王坦之所守两汉经学的陈旧，只配装进垃圾口袋。言辞不可谓不刻薄，但比喻却十分贴切有趣。再如王导对庾亮的逼人权势表示不满，支遁嘲讽诸王学说吴语，措词也很生动形象，耐人寻味。

王公以扇拂尘

　　庾公权重①，足倾王公②。 庾在石头③，王在冶城坐，大风扬尘，王以扇拂尘曰："元规尘污人！"

【注释】

①庚公：即庚亮。其时庚亮以镇西将军镇守武昌（今湖北鄂城），掌重兵。②王公：即王导。其时王导以丹阳太守居冶城。③石头：地名，即石首县（今属湖北），晋代置（据杨勇《世说新语校笺》说）。

【翻译】

庚公权势很重，足以压倒王公。庚在石头的时候，王在冶城坐镇，大风刮起尘土，王用扇子掸去灰尘说："元规的尘土玷污人！"

刘夫人答谢公问

孙长乐兄弟就谢公宿①，言至款杂。刘夫人在壁后听之②，具闻其语。谢公明日还，问昨客何似，刘对曰："亡兄门未有如此宾客。"③谢深有愧色。

【注释】

①孙长乐：即孙绰。谢公：即谢安。②刘夫人：指谢安夫人刘氏。③亡兄：指刘惔。

【翻译】

孙长乐兄弟到谢公家投宿，言谈极为空泛驳杂。刘夫人在板壁后，全都听到了他们的谈话。谢公第二天回到内室，问昨天来的客人怎么样，刘夫人回答说："我已故兄长的家中从来没有这样的宾客。"谢公脸色很羞愧。

问是何物尘垢囊

王中郎与林公绝不相得①。王谓林公诡辩，林公道王云："箸腻颜帢②，缊布单衣③，挟《左传》④，逐郑康成车后⑤，问是何物尘垢囊！"

【注释】

① 王中郎：即王坦之。林公：即支遁。② 颜帢(qià)：三国魏时流行的一种摹仿古代皮弁而制成的丝帛便帽。帽前有一横缝，可以区别前部和后部。到西晋末年，渐渐去掉横缝，称为无颜帢。东晋时期戴颜帢，犹如今天戴古人的冠巾，已不合时宜。③ 缊：字书无此字，当据杨勇《世说新语校笺》作"缊"。缊，指邋遢，衣服破旧不整洁。单衣：一种仅次于朝服的正式服装，东晋时谒见尊长者常穿此服。④《左传》：记载春秋时期史事的一部儒家经典。⑤ 郑康成：即郑玄。

【翻译】

王中郎同林公极不友善。王认为林公善于诡辩，林公评论王时说："戴着一顶满是油腻的老式帽子，穿着一件邋遢的衣服，挟着一本《左传》，跟在郑康成的车子后面跑，真要问问这是什么样的垃圾袋!"

不作洛生咏

人问顾长康:"何以不作洛生咏?"答曰:"何至作老婢声!"①

【注释】

① 老婢:对老年妇女的轻蔑称呼。因洛阳书生吟咏时发音重而浊,作为南方人的顾恺之不屑于摹仿,就把它比作老婢说话的声音。

【翻译】

有人问顾长康:"您为什么不摹仿洛阳书生吟咏呢?"他回答:"哪至于去学老婢说话的腔调!"

支道林见诸王

支道林入东①,见王子猷兄弟,还,人问:"见诸王何如?"答曰:"见一群白颈乌,但闻唤哑哑声。"②

【注释】

① 东:见 P14 注④,这里指会稽。② 唤哑(yā)哑声:东晋丞相王导虽是北方人,但很喜爱说吴地方言,因此王

氏子弟多学他的做法。这里支遁是在讥讽他们。

【翻译】

　　支道林到会稽去，见到王子猷兄弟，回来后有人问："见了王氏兄弟，认为他们怎么样？"支道林回答说："见到了一群白颈子乌鸦，只听见在哑哑地叫。"

二十七、假　谲

　　假谲的意思是虚假欺诈。这在今天是绝对的贬义，但在《世说新语》中，其含义却并不这样单纯。《假谲》门中的一些条目，对统治者的奸诈狠毒、善用权术的特性进行了揭露，例如魏武尝言"人欲危己，己辄心动"，就是很典型的例子。

　　《假谲》门中还有一些条目，所述虽仍不离欺诈的行为，作者则显然是抱着欣赏的态度来写的。如著名的"望梅止渴"的故事，表现了曹操的智慧谋略；"玉镜台聘婚"的故事，表现了温峤的诙谐多情，至今仍被传为佳话。从这方面来看，假谲也并不仅仅是贬义。作者立此门类，只不过是要真实地反映魏晋丰富复杂的人物性格中的一个方面罢了。

望梅止渴

魏武行役，失汲道，军皆渴，乃令曰："前有大梅林，饶子，甘酸，可以解渴。"士卒闻之，口皆出水，乘此得及前源。

【翻译】

魏武帝行军时，错过了水源，军队全都口渴难忍，他于是传令说："前面有一片大梅林，梅子很多，又甜又酸，可以解渴。"士兵们听了这话，口中都流出涎水来，靠了这一招才得以赶到前面的水源。

魏武尝言心动

魏武尝言："人欲危己，己辄心动。"因语所亲小人曰："汝怀刃密来我侧，我必说心动。执汝使行刑，汝但勿言其使，无他，当厚相报。"执者信焉，不以为惧，遂斩之。此人至死不知也。左右以为实，谋逆者挫气矣。

【翻译】

魏武帝曾经说过："有人要危害我，我就立即心跳。"为此他对一名亲随说："你揣刀偷偷来到我身边，我一定会喊心跳。抓住你让行刑时，你只要不说出是我指使的，不会有其他祸事，我会重重报答你的。"被抓的人相信了这话，不觉得这事可怕，于是就杀掉了这人。这人一直到死也不知道怎么回事。手下的人相信真是如此，想施行谋害的人都泄气了。

玉镜台聘婚

温公丧妇①。从姑刘氏②，家值乱离散，唯有一女，甚有姿慧，姑以属公觅婚③。公密有自婚意，答云："佳婿难得，但如峤比云何？"④姑云："丧败之馀，乞粗存活，便足慰吾馀年，何敢希汝比？"却后少日，公报姑云："已觅得婚处，门地粗可，婿身名宦，尽不减峤。"因下玉镜台一枚⑤。姑大喜。既婚，交礼，女以手披纱扇，抚掌大笑曰："我固疑是老奴⑥，果如所卜。"玉镜台，是公为刘越石长史⑦，北征刘聪所得⑧。

【注释】

① 温公：即温峤。② 从姑刘氏：既然是堂姑母，应当称温氏，这里可能是随她夫家姓而称刘氏。但据《温氏谱》，温峤并未娶刘家女子，所以有人认为这是一篇虚构的文字。③ 属：同"嘱"。④ 比：类。常用于代词或名词后，表示同类的人或事物。下文"比"字同。⑤ 玉镜台：一种玉制的梳妆用具，上可以架镜子，内可以储放梳妆品。⑥ 老奴：对有相当年龄的男子的一种戏谑称呼。⑦ 刘越石：西晋中山魏昌（今河北无极）人，名琨，字越石，曾任并州刺史、大

将军、都督并州诸军事。⑧ 刘聪：十六国时期汉国国君，一名载，字玄明，匈奴族。其父刘渊死后，他杀兄夺取帝位，后攻破西晋京都，俘虏怀、愍二帝。

【翻译】

温公死了妻子。堂姑母刘氏家中遭遇战乱，流离失散，身边只有一个女儿，十分漂亮聪明，姑母嘱托温公给寻一门亲事。温公私下里有自己娶她的意思，回答说："好女婿不容易找到，只是像我这样的人，怎么样？"姑母说："丧乱之后侥幸存活的人，只求马马虎虎地过得下去，就足以抚慰我的晚年了，哪敢希求像你一样的人呢？"事后没几天，温公告知姑母说："已经找到了人家，门第还可以，女婿的声名地位都不比我差。"于是送了一座玉镜台作为聘礼。姑母十分高兴。成婚时，行了交拜礼后，新娘用手掀开纱巾，拍手大笑说："我本来就疑心是你这个老东西，果然不出所料。"玉镜台，是温公任刘越石长史北征刘聪时得到的。

二十八、黜　免

　　黜免的意思是罢免官职。本门所载各条，体现了魏晋统治阶级内部激烈的权力斗争。殷浩与桓温同为东晋中期的士族领袖、朝廷重臣，彼此常有竞争之心（参阅《品藻》门"桓公与殷侯齐名"条），后来殷浩终因北伐失利，被桓温趁机进谗而免掉官职，削为平民，流放远地。殷浩无可奈何，只能书空泄愤。同为权力斗争的牺牲品，东晋末年的殷仲文则属于另一种类型。桓玄叛乱，殷仲文保朝廷有功，自以为从此会得到重用，谁知事与愿违，他的处境还不如自己的门生故吏。满腹委屈无处诉说，他只能借老槐自况，发发牢骚。从这里我们也可以看出，魏晋时期借自然景观表现人物内心的表现手法，已普遍应用于生活的各个方面了。

黜免得猿子者

桓公入蜀[①]，至三峡中，部伍中有得猿子者，其母缘岸哀号，行百余里不去，遂跳上船，至便即绝。破视其腹中，肠皆寸寸断。公闻之怒，命黜其人。

【注释】

① 桓公：即桓温。蜀：指今四川地区。

【翻译】

桓公率部进入蜀中，到达三峡时，军队中有人捕获一只小猿，母猿沿岸哀哭号叫，随行一百多里都不肯离去，最终跳上了船，一上船就立即死去。剖开母猿肚子一看，肠子全都一寸寸地断开了。桓公听说后发怒，命令革除了那个人。

咄 咄 怪 事

殷中军被废[①]，在信安[②]，终日恒书空作字。扬州吏民寻义逐之，窃视，唯作"咄咄怪事"四字而已[③]。

【注释】

① 被废：参见 P110 注①"废"注。② 信安：县名，治所在今浙江衢州。③ 咄（duō）咄怪事：使人吃惊的怪事。"咄咄"是表示惊叹诧异的声音。

【翻译】

殷中军被免官后,居住在信安,整天都对着空中写字。他在扬州任职时的一些部下和百姓思念他的恩义追随着他,偷偷地注视,见他只是在写"咄咄怪事"四个字而已。

老 槐 扶 疏

桓玄败后[1],殷仲文还为大司马咨议[2],意似二三,非复往日。大司马府听前有一老槐[3],甚扶疏[4]。殷因月朔,与众在听,视槐良久,叹曰:"槐树婆娑[5],无复生意!"

【注释】

① 败:指桓玄篡位后,遭北府兵将领刘裕起兵声讨,兵败被杀。② 殷仲文:东晋陈郡(治所在今河南淮阳)人,字也叫仲文,桓玄姐夫。曾任尚书、东阳太守;桓玄篡位,任侍中;后因谋反罪名,被刘裕所杀。大司马:这里指刘裕。咨议:即咨议参军,谋议军事要务,位在其他参军之上。③ 听:通"厅"。④ 扶疏:枝叶茂盛而分披下垂的样子。⑤ 婆娑:这里指倾伏乏力的样子。

【翻译】

桓玄死后,殷仲文回到京都当上了大司马刘裕的咨议参军,主意反复不定,再也不像往日那样了。大司马官府的厅堂前有一棵老槐树,枝叶繁茂分披。殷仲文每月初一集会时,同众人会集在厅堂上,注视槐树很久,感叹地说:"老槐树枝叶倾伏,再也没有一点生趣!"

二十九、俭啬

俭啬包括节俭与吝啬两重含义，这是两种截然不同的品德。作者在本门中也确实记载了两种不同人物的表现。一种以东晋初期权臣陶侃为代表，《政事》门曾记载他爱惜物力，竹头木屑皆得其用的事迹，他自己提倡节俭，也以此为标准取人。在本门中，他也是这样看待庾亮的。虽然最终是受了假象的迷惑，但也正表现了陶侃的节俭是出于治理国家的需要。另一种以西晋初期大官僚、司徒王戎为代表，表现了魏晋士族地主阶级贪婪鄙吝的本性。从东汉中叶开始，庄园经济形成，魏晋士族地主政权就建立在这一经济基础之上。大官僚、大名士往往同时也是大庄园主。他们表面上谈玄务虚，高雅非凡，像《规箴》门中反映的王衍甚至口不言"钱"字，但私下里却聚敛无度。像王戎这样亲掌筹算，并非个别现象。只不过因为他曾是著名的"竹林七贤"之一，是很有声望的名士，竟也干着如此贪鄙的事情，所以特别引人注目罢了。

王戎散筹算计

司徒王戎既贵且富，区宅、僮牧、膏田、水碓之属①，洛下无比。 契疏鞅掌②，每与夫人烛下散筹算计③。

【注释】

① 水碓(duì)：利用水力舂米的工具。② 契疏：券契簿籍。鞅掌：烦劳忙碌。③ 筹：又叫筹马、筹码，计数和计算的用具。

【翻译】

司徒王戎地位显贵，家财富足，田庄、仆役、肥田、水碓之类，在洛阳无人可比。他亲自为券契账目而操劳忙碌，还常常同夫人一道在烛光下散开筹码进行计算。

王 戎 卖 李

王戎有好李，卖之，恐人得其种，恒钻其核。

【翻译】

王戎家有良种李树，卖李子时，害怕别人得到好种，总是先把果核钻破。

庾太尉啖薤

苏峻之乱①，庾太尉南奔见陶公②，陶公雅相赏重。陶性俭吝，及食，啖薤③，庾因留白④。陶问："用此何为？"庾云："故可种。"于是大叹庾非唯风流，兼有治实。

【注释】

① 苏峻：见 P123《陆迈止苏峻放火》注①。② 庾太尉：即庾亮。南奔：此时陶侃在寻阳（今江西九江），庾亮自建康（今江苏南京）去见他，因寻阳在建康西南，所以说南奔。陶公：即陶侃。③ 薤（xiè）：也称藠（jiào）头，一种多年生草本植物，地下有鳞茎可食用。④ 白：指薤的根部，色白。

【翻译】

苏峻叛乱时，庾太尉向南逃窜去见陶公，陶公非常赏识器重他。陶公生性节俭惜物，开饭时吃藠头，庾随即留下藠头的根。陶公问他："要这东西做什么？"庾回答说："还可以再种。"于是陶公极力称赞他不仅有超俗的气度，同时也有务实的内美。

三十、汰 侈

汰侈的意思是过分奢侈。魏晋士族地主一方面大肆聚敛财物，另一方面则纵情挥霍享乐。他们奢侈的程度在中国历史上是罕见的，西晋大官僚大庄园主石崇，一面做着荆州刺史，一面派人在本地杀人越货。相形之下，王戎的亲掌筹算(见《俭啬》)、王衍妻的令婢担粪 (见《规箴》)，还算是温和的聚财方式。既干着非法的劫夺勾当，又可以在自己独立的庄园内发展经济实力，这样得来的财富，往往连皇家也自叹弗如。魏晋时期士族对皇家不存在过分的依赖，相反倒是皇帝往往受制于士族。这种现象的出现，同经济上的原因有密切的联系。

除了死的财产之外，士族地主还据有活的财产，这就是家奴。杀掉几个女奴，在石崇、王敦等人看来，只不过是报废几个漂亮的用具而已，更能显示出主人的豪华气度。"石崇要客燕集"条放在《汰侈》门，揭露意义是极为深刻的。

石崇要客燕集

石崇每要客燕集①，常令美人行酒，客饮酒不尽者，使黄门交斩美人②。王丞相与大将军尝共诣崇③，丞相素不能饮，辄自勉强，至于沉醉。每至大将军，固不饮，以观其变。已斩三人，颜色如故，尚不肯饮。丞相让之，大将军曰："自杀伊家人，何预卿事！"④

【注释】

① 石崇：见 P158 注 ②。要：通"邀"。燕：通"宴"。② 黄门：指由宦官充任的内室仆役。③ 王丞相：即王导。大将军：这里指王敦。④ 预：关，关涉。

【翻译】

石崇每次请客宴会，常常命令美女斟酒劝客，宾客中如有不肯喝干的，就让侍者们轮番杀死美女。王丞相同大将军王敦曾经一道去石崇家赴宴，王丞相平素不能喝酒，自己总是勉强喝完，直到喝得大醉。每当给大将军敬酒，他坚决不喝，来观察形势的发展。一连杀掉了三名美女，大将军的脸色依然如故，还是不肯喝。王丞相责备他，大将军回答说："他自己杀他家里的人，关你什么事！"

王武子供炙豚

武帝尝降王武子家①，武子供馔②，并用琉璃器③。

婢子百余人，皆绫罗裤裓④，以手擎饮食。烝豚肥美⑤，异于常味。帝怪而问之，答曰："以人乳饮豚。"⑥帝甚不平，食未毕，便去。王、石所未知作⑦。

【注释】

①武帝：指晋武帝司马炎。降：对尊贵者来到某地的敬称。王武子：见P23注①。②馔（zhuàn）：食物。③琉璃：一种矿石质的有色半透明体材料。④裓（luó）：女子的一种上衣。⑤烝：通"蒸"。⑥饮（yìn）：给……喝。⑦王：指王恺，西晋东海郯（tán）县（今山东郯城）人，字君夫，司马昭妻弟，官至后军将军。家极富有，生活靡费奢侈。石：指石崇。

【翻译】

晋武帝曾经到王武子家去，武子设盛宴，用的全是琉璃器皿。使女一百多人，都穿着绫罗绸缎的衣裤，用手托着食物。清蒸小猪肥嫩鲜美，与通常的味道不同。武帝感到奇怪，问到这事，武子回答说："用人乳喂养的小猪。"武帝听后很不满，没吃完就走了。这样的小猪，连王恺、石崇也不知道制作方法。

石崇与王恺争豪

石崇与王恺争豪，并穷绮丽以饰舆服。武帝①，恺之甥也，每助恺。尝以一珊瑚树②，高二尺许，赐恺，枝柯扶疏③，世罕其比。恺以示崇，崇视讫，以铁如意击之④，应手而碎。恺既惋惜，又以为疾己之宝⑤，声色甚厉。崇曰："不足恨，今还卿。"乃命左右悉取珊瑚树，有三尺四尺，条干绝世，光彩溢目者六七枚，如恺许比甚众⑥。恺惘然自失⑦。

【注释】

① 武帝：指晋武帝司马炎。② 珊瑚树：由腔肠动物珊瑚虫分泌出的石灰质骨骼聚集而成的物体，形状像树枝，多为红色，也有白色或黑色的，可供玩赏。③ 扶疏：枝叶茂盛下垂的样子。④ 铁如意：参见 P139 注③。⑤ 疾：通"嫉"。⑥ 许：这样，如此。⑦ 惘然：若有所失的样子。

【翻译】

石崇与王恺斗富，都用尽华美艳丽的东西来装点车马服饰。晋武帝是王恺的外甥，常常帮助王恺。曾经把一枝二尺来长的珊瑚树赐给王恺。枝条繁茂，世间很少有这类珍品。王恺拿去给石崇看，石崇看过后，拿铁如意敲它，随手就打碎了。王恺既很惋惜，又认为石崇是忌妒自己的宝物，声色很为严厉。石崇说："不值得遗憾，现在我来还给你。"于是命令身边的人把家里的珊瑚树全部取出来，三四尺高、枝条繁茂绝伦而又光彩溢目的有六七枝，像王恺那一类的就更多了。王恺看后，惘然若失。

三十一、忿　狷

忿狷指人急躁易怒。从《世说新语》中可以看出，魏晋人大半脾气很坏，高傲、发狂、性暴如火。《忿狷》门较为集中地表现了魏晋人物这一性格特点。且看王忱、王恭，只为了劝酒不饮这样的小事，大打出手，"便欲相杀"，就可知当时人的脾气坏到何等程度。这方面的记载，最有名的要数王蓝田吃鸡子的故事了。作者的描写极为有趣又极为传神。他以大量笔墨详述吃鸡子不得的过程，又轻轻带过一笔"鸡子于地圆转未止"的描写，构成了王蓝田与鸡子在形体上、动作力度上的大小强弱的对比。当我们看到王蓝田这位大汉在小小的鸡子面前无能为力，以至于气急败坏时，无论谁也会忍俊不禁的。

鲁迅在他的《魏晋风度及文章与药及酒之关系》一文中曾指出，魏晋人的脾气不好，大约是服药的缘故。魏晋流行一种名叫"五石散"的所谓长生药，这种药物有毒性，服下后对内脏的烧灼比较厉害，大约因此也就影响到了人物的性格。对于这个问题，有兴趣的读者可以参阅鲁迅的这篇文章，从而作出自己的判断。

王蓝田食鸡子

王蓝田性急①。尝食鸡子，以箸刺之，不得，便大怒，举以掷地。鸡子于地圆转未止，仍下地以屐齿蹍之②，又不得。瞋甚，复于地取内口中③，啮破即吐之。王右军闻而大笑曰④："使安期有此性⑤，犹当无一豪可论⑥，况蓝田邪？"

【注释】

① 王蓝田：即王述。② 仍：因而，于是。③ 内：放入，同"纳"。④ 王右军：即王羲之。⑤ 安期：即王承，王述之父。⑥ 豪：通"毫"，比喻极其细微之处。

【翻译】

王蓝田性情急躁。有一次吃鸡蛋，用筷子去戳鸡蛋，没有戳中，马上大发脾气，抓起鸡蛋便往地下扔。鸡蛋在地上团团地转个不停，于是跳下地来用木屐齿去踩，又没有踩中。他愤怒已极，再从地上捡起来塞进口中，咬破后立即把它吐掉。王右军听到这件事后大笑说："即使安期有这种脾气，尚且没有丝毫可取，何况是蓝田呢！"

王大劝王恭酒

王大、王恭尝俱在何仆射坐^①，恭时为丹阳尹^②，大始拜荆州。 讫将乖之际^③，大劝恭酒，恭不为饮，大逼强之，转苦，便各以裙带绕手^④。 恭府近千人，悉呼入斋^⑤；大左右虽少，亦命前，意便欲相杀。 何仆射无计，因起排坐二人之间，方得分散。 所谓势利之交，古人羞之。

【注释】

① 王大：即王忱。仆射(yè)：这里指尚书左仆射，是尚书令的副手之一，协助尚书令处理国家政务。何仆射：即何澄，东晋庐江灊(qián)县（今安徽霍山北）人，字季玄，历任冠军将军、吴国内史、尚书左仆射。② 丹阳：郡名，治所在今江苏南京。尹：见 P54 注②。③ 乖：背离，分离。④ 裙：下衣的统称。⑤ 斋：闲居的房舍。

【翻译】

王大、王恭曾同在何仆射家作客，王恭当时担任丹阳尹，王大刚刚受任荆州刺史。到了将要分手的时候，王大劝王恭喝酒，王恭不肯喝，王大强逼他，并且越来越固执，于是各自把衣带绕到手上准备动武。王恭府中有近千人，全都叫进何仆射的房舍里来；王大左右的人虽然少些，也命令他们前来，看来就要相互厮杀。何仆射没有办法，就站起身来分开两人坐到他们中间，才把他们隔开劝走。这种所谓由权势财利产生的交情，古人认为是可耻的。

桓南郡悉杀鹅

桓南郡小儿时^①，与诸从兄弟各养鹅共斗。南郡鹅每不如，甚以为忿。乃夜往鹅栏间，取诸兄弟鹅悉杀之。既晓，家人咸以惊骇，云是变怪，以白车骑^②。车骑曰："无所致怪，当是南郡戏耳！"^③问，果如之。

【注释】

①桓南郡：即桓玄。②车骑：这里指桓冲。③南郡：桓温死时，桓玄年五岁，袭爵南郡公，所以这里直接称他为南郡。

【翻译】

桓南郡小时候，同各位堂兄弟各自养了鹅来斗。南郡的鹅常常斗败，他为此很恼怒。于是夜间到鹅栏中，把弟兄的鹅全都抓出来弄死。天亮之后，家中人都感到惊异，说是发生了灾变，并把这事告诉桓车骑。车骑说："没有什么可招致灾变的，看来是南郡在闹着玩罢了！"一问，果然这样。

三十二、谗　险

　　在别人面前说某人坏话谓之谗，如果是出于险恶的用心，那就是谗险了。另一方面，被谗者出于自卫或报复，也要设法攻破谗言。这样，便出现了"谗险"与"反谗险"之间的斗争。这种斗争，并非自魏晋始，只不过因为魏晋特别激烈的权力争夺，这种"谗险"与"反谗险"的现象表现得更为突出罢了。同时由于世事的日趋复杂，此时的"谗险"与"反谗险"的手段也随之变得更其精巧隐蔽。这里选译的两条，分别表现了东晋后期的这两种现象。王国宝的"谗险"和王珣的"反谗险"之所以能成功，同他们善于揣摩他人心理的本领是密切相关的。

孝武帝不见王珣

孝武甚亲敬王国宝、王雅①，雅荐王珣于帝②，帝欲见之。尝夜与国宝及雅相对，帝微有酒色，令唤珣。垂至，已闻卒传声。国宝自知才出珣下，恐倾夺其宠，因曰："王珣当今名流，陛下不宜有酒色见之③，自可别诏召也。"帝然其言，心以为忠，遂不见珣。

【注释】

① 孝武：指晋孝武帝司马曜（yào），字昌明，简文帝第三子。在位期间，沉溺于酒色，不理国政，东晋政权日趋衰亡。王国宝：东晋太原晋阳（今山西太原）人，王坦之第三子。曾任侍中、中书令、中领军，后会稽王司马道子执政，国事混乱，委罪于他，赐死。王雅：东晋东海郯（tán，今山东郯城北）人，字茂建，曾任太子少傅、尚书左仆射。② 王珣：见 P33 注②。③ 陛下：臣下对皇帝的尊称。

【翻译】

晋孝武帝很亲近敬重王国宝、王雅二人，王雅向他推荐了王珣，孝武帝想召见他。有一次夜间同王国宝、王雅会见，孝武帝已经有了点醉意，下令叫王珣来。王珣将要到来，已经听见了士卒传话的声音。王国宝知道自己的才能比不上王珣，害怕他排挤掉自己并夺去孝武帝对自己的宠信，于是说："王珣是当今的名流，陛下不应在有醉意的时候见他，原本可以另外下令召见。"孝武帝认为他的话很对，心中认为他忠诚，便没有召见王珣。

殷仲堪屏人

王绪数谮殷荆州于王国宝①，殷甚患之，求术于王东亭②。曰："卿但数诣王绪，往辄屏人，因论它事。如此，则二王之好离矣。"殷从之。国宝见王绪，问曰："比与仲堪屏人何所道？"绪云："故是常往来，无它所论。"国宝谓绪于己有隐，果情好日疏，谗言以息。

【注释】

① 王绪：东晋太原晋阳（今山西太原）人，字仲业，王国宝的堂弟，曾任琅邪内史。深受会稽王司马道子宠爱，后与王国宝同时被杀。殷荆州：即殷仲堪。王国宝：见P248 注①。② 王东亭：即王珣。

【翻译】

王绪屡次向王国宝讲殷荆州的坏话，殷很忧虑这件事，便去向王东亭请教办法。王说："你只管频繁地到王绪那里去，去后立即让身边的人走开，接着谈一些其他的事情。这样，二王之间就会产生隔阂。"殷听从了他的话。王国宝见到王绪，问他："近来你同殷仲堪一道时常常赶走随从，说些什么呀？"王绪说："确实只是通常的交往，没有说其他什么事。"王国宝认为王绪对自己有所隐瞒，果然感情越来越疏远，谗言也因此平息了。

三十三、尤　悔

　　尤悔的意思是犯了过失而自咎悔恨，这本是人们所共有的情感体验，不过因为各人所处时代、地位以及本人个性、经历的不同，尤悔的内容及表现形式也相应有所不同。反过来，透过这些不同的表现形式，我们也可以看到时代、社会及个人品格的不同特点。西晋大文学家陆机因卷入"八王之乱"而惨遭杀害，临刑时后悔自己未能脱离权力斗争的旋涡，归隐家乡，只能发出"欲闻华亭鹤唳，可复得乎"的慨叹。从这里我们可以看到处于权力斗争夹缝中的魏晋知识分子的悲惨命运。东晋明帝得知司马氏的天下由篡夺而来，"覆面著床"，羞愧难忍，并敏锐地感觉到东晋的江山也不会长久。这说明晋明帝已认识到魏晋时期统治者巧取豪夺的时代特点，自己的祖先可以去夺取别人的江山，别人也会如法炮制来对待自己。周邵表面上归隐庐山，意志坚定，实际上是自高身价，希望得到朝廷的重用。结果终于在庾亮的劝说下出仕，但又嫌官职太低,抑郁而死。从这里又可以看到一名假隐士汲汲于名利、患得患失的心理。总之,尤悔是一个复杂的心理过程,通过对这类现象的分析,可以较为准确地把握魏晋时代与人物的某些特点。

251

欲闻华亭鹤唳

陆平原河桥败①,为卢志所谮②,被诛。临刑叹曰:"欲闻华亭鹤唳③,可复得乎!"

【注释】

① 陆平原:即陆机。河桥:桥名,故址在今河南孟县西南、孟津东北黄河上。河桥败:晋惠帝太安二年(303),陆机受命率军征讨长沙王司马乂(yì),战于河桥,兵败遭谮,被司马颖所杀。② 卢志:见P68注①。③ 华亭:地名,故址在今上海松江西。

【翻译】

陆平原河桥兵败后,受到卢志的谮害,最终被杀。临刑时叹息说:"想听听华亭鹤鸣,还有可能吗!"

王丞相负周侯

王大将军起事①,丞相兄弟诣阙谢②,周侯深忧诸王③，始入，甚有忧色。丞相呼周侯曰："百口委卿！"周直过不应。既入，苦相存救。既释，周大说④，饮酒。及出，诸王故在门。周曰："今年杀诸贼奴⑤，当取金印如斗大系肘后。"大将军至石头⑥，问丞相曰："周侯可作三公不？"⑦丞相不答。又问："可为尚书令不？"又不应。因云："如此，唯当杀之耳！"复默然。逮周侯被害，丞相后知周侯救己，叹曰："我不杀周侯，周侯由我而死，幽冥中负此人！"⑧

【注释】

①王大将军：即王敦。起事：指晋元帝永昌元年（322）王敦起兵准备攻入建康（今江苏南京）一事。②丞相：指王导。③周侯：即周颉。④说：同"悦"。⑤贼奴：对坏人的蔑称，指王敦等人。⑥石头：指石头城，故址在今江苏南京清凉山。⑦三公：晋代以太尉、司徒、司空为三公。⑧幽冥：旧时指地下，阴间。

【翻译】

王大将军起兵时，王丞相兄弟都到宫廷门外谢罪，周侯极为他们担忧，进入朝廷时，面色很忧虑。王丞相喊周侯说："我全家百口都托付给你了！"周径直走过去，没有理睬。入朝后，周侯苦苦保救他们。王丞相等人被免罪后，周十分高兴，喝了酒。等到出宫门时，王家兄弟仍然呆在门口。周说："今年杀死那些叛贼，将要得到一颗斗大的金印，悬挂在手肘后面。"后来，大将军王敦攻进石头城，问王丞相："周侯能不能做三公？"丞相不回答。又问："能不能做尚书令?"又没有回答。于是便说:"这样的话,只该杀掉他了!"王丞相还是没有作声。等到周侯被害,王丞相后来知道他曾救过自己,感慨地说:"我没杀周侯,但周侯是因我而死的,黄泉之下我对不起这个人!"

晋明帝哀晋祚

王导、温峤俱见明帝①,帝问温前世所以得天下之由。温未答顷②,王曰:"温峤年少未谙,臣为陛下陈之。"③王乃具叙宣王创业之始④,诛夷名族,宠树同己,及文王之末高贵乡公事⑤。明帝闻之,覆面著床曰:"若如公言,祚安得长!"⑥

【注释】

① 明帝:即晋明帝司马绍。② 顷:表示时间的短暂。③ 陛下:对皇帝的尊称。④ 宣王:即晋宣王司马懿。⑤ 文王:即晋文王司马昭。高贵乡公:即曹髦(máo),三国魏国皇帝,谯郡谯(今安徽亳州)人,字彦士,曹丕之孙。初封为高贵乡公,齐王曹芳嘉平六年(254)司马师废曹芳,立他为帝,因不甘心做司马氏的傀儡,率宿卫数百人攻司马昭,被杀。死后无号,史称高贵乡公。⑥ 祚(zuò):国统。

【翻译】

王导、温峤一道见晋明帝,明帝问温峤前代国君能够得天下的缘由。温还没有来得及回答,王便说:"温峤年轻不熟悉旧事,我来给陛下陈述。"王导于是详细地叙述了晋宣王开始创立大业时,诛灭名门大族,宠爱培植亲信,以及晋文王末年杀掉高贵乡公的事情。晋明帝听后,掩面伏在坐床上说:"如果像您说的那样,晋朝的命运又怎能长久呢!"

周子南出仕

庾公欲起周子南①,子南执辞愈固。庾每诣周,庾从南门入,周从后门出。庾尝一往奄至,周不及去,相对终日。庾从周索食,周出蔬食②,庾亦强饭,极欢;并语世故,约相推引,同佐世之任。既仕,至将军二千石③,而不称意。中宵慨然曰:"大丈夫乃为庾元规所卖!"一叹,遂发背而卒④。

【注释】

① 庾公:即庾亮。周子南:见 P168《翟不与周语》注① "周子南"注。② 蔬食:粗劣的饮食。③ 将军:统率军事的官名。二千石(dàn):俸禄的等级,每月得俸禄一百二十斛左右,相当于郡太守的收入。④ 发背:背上痈疽发作。

【翻译】

庾公想让周子南出来任官,周子南执意推辞,并且越来越坚决。庾公每次到周那里去,庾从南门进去,周便从后门走掉。有一次庾突然来到,周来不及脱身,便面对面地坐了一整天。庾向周要些食物吃,周拿出了粗茶淡饭,庾也勉强吃下去,极尽欢乐;同时向周讲了许多世间的事务,并约定举荐他,共同担负辅助国家的重任。周子南出来任职后,只担任了二千石俸禄的将军,并不称心。他在半夜里感慨地说:"大丈夫竟然被庾元规出卖了!"一声叹息,最终背疮发作而死。

三十四、纰　漏

纰漏指因粗心而产生的差错。蔡谟误食彭
蜞，任瞻不辨茗茶，便属此类。不过蔡谟闹的是
书呆子的笑话，任瞻的纰漏却藏有许多辛酸。
西晋末年，统治阶级内部自相残杀，外族又趁机
大举入侵，大批士族被迫举家东渡，迁居江南。
先渡江的还能享有士族的一些特权，后渡江的
则连安身之处也难寻觅。尽管任瞻年轻时十分
得意，此时也不能不仰人鼻息，以致说话行动，
处处小心在意。他因为刚到江南，不懂"下饮"
就是上茶，提出了"此为茶？为茗？"的怪问题。
待发现自己闯了纰漏后，赶紧改口用语音相近
的"为热为冷"来掩饰自己的失态。《世说新语》
作者在这里成功地塑造了一个失意的士族知识
分子形象，读之令人鼻酸。

蔡司徒食彭蜞

蔡司徒渡江①，见彭蜞②，大喜曰："蟹有八足，加以二螯。"③令烹之。既食，吐下委顿，方知非蟹。后向谢仁祖说此事④，谢曰："卿读《尔雅》不熟⑤，几为《劝学》死。"⑥

【注释】

① 蔡司徒：即蔡谟。渡江：参见 P24 注①"过江"注。② 彭蜞（qí）：也写作"蟛蜞"，一种红色的甲壳类动物，外形像螃蟹，但较小，螯与足上无毛。③ 螯（áo）：节肢动物变形的步足，末端两边分开，开合如钳。④ 谢仁祖：即谢尚。⑤《尔雅》：我国最早的一部解释词义的专书，其中《释鱼》篇讲到八足二螯的动物有三种，并非都是螃蟹。⑥《劝学》：指汉末蔡邕取《荀子·劝学》文意写成的《劝学篇》文，其中有"蟹有八足，加以二螯"两句。

【翻译】

蔡司徒渡江南下后，见到蟛蜞，非常高兴，说："螃蟹有八只脚，加上两只螯。"叫人把它煮熟。吃下去后，呕吐不止，精神疲困，这才知道不是螃蟹。后来他向谢仁祖说起这件事，谢说："你没有读熟《尔雅》，差点被《劝学篇》害死。"

任育长过江

任育长年少时①，甚有令名。武帝崩②，选百二十挽郎③，一时之秀彦，育长亦在其中。王安丰选女婿④，从挽郎搜其胜者，且择取四人，任犹在其中。童少时，神明可爱，时人谓育长影亦好。自过江，便失志。王丞相请先度时贤共至石头迎之，犹作畴日相待，一见便觉有异。坐席竟，下饮⑤，便问人云："此为茶为茗？"⑥觉有异色，乃自申明云："向问饮为热为冷耳。"⑦尝行从棺邸下度，流涕悲哀。王丞相闻之曰："此是有情痴。"

【注释】

① 任育长：晋乐安国(治所在今山东博兴西南)人，名瞻，字育长，历任谒者仆射、都尉、天门太守。② 武帝：指晋武帝司马炎。③ 挽郎：牵引灵柩唱挽歌的少年。④ 王安丰：即王戎。⑤ 度：通"渡"。⑥ 下饮：上茶，设茶。茗：晋时称早采者为茶，晚采者为茗。⑦ 为热为冷：晋时"热"与"茶"、"冷"与"茗"各在同一韵部，读音相近，任瞻因不辨茶与茗，自觉失言，想掩饰自己的窘态，所以这样说。

【翻译】

任育长年轻时，很有好名声。晋武帝死，挑选一百二十名挽郎，都是当时的杰出人才，育长也在其中。王安丰挑选女婿，从挽郎中选择卓越的人物，暂且先选四人，任育长还在其中。他还是孩子时，灵秀可爱，当时的人都认为任育长连身影都非常漂亮。自从过江南下后,便神志失常。王丞相邀请先前渡江南下的名流到石头城去迎接他,依然像往日一样对待他,但一见面就觉得有了变化。大家刚刚坐定,送上茶来,他就问人说:"这是茶,还是茗?"觉得大家神色有异时,又自己申明说:"我刚才只是问茶是热还是冷罢了。"他曾从棺材铺前经过,也流下泪来,感到悲伤。王丞相听到这件事后说:"这真是一个有情的痴子。"

三十五、惑 溺

惑溺指感情上的迷惑沉溺。魏晋时期特别推崇真情,《伤逝》门记载了很多朋友之间真诚相交的故事。《惑溺》门则以叙述男女之间的真诚情爱为主。荀粲以身取冷,来为病中的妻子减低热度;妻子死后,他也因伤痛而亡。更值得注意的是,荀粲对自己这种情感上的沉溺进行辩解,提出"妇人德不足称,当以色为主",从而对儒家评价妇女以德为先的传统标准提出大胆的挑战。这也从一个侧面反映了魏晋士人对于人性解放的追求。

荀奉倩取冷熨妇

荀奉倩与妇至笃①,冬月妇病热,乃出中庭自取冷,还以身熨之②。妇亡,奉倩后少时亦卒。以是获讥于世。奉倩曰:"妇人德不足称,当以色为主。"裴令闻之曰③："此乃是兴到之事，非盛德言，冀后人未昧此语。"

【注释】

　　① 荀奉倩：三国魏颍川颍阴（今河南许昌）人，名粲，字奉倩。善清谈，不与常人交往，年二十九而死。② 熨（yùn）之：指把自己身上的冷气直接传导到妻子身上。③ 令：指中书令。裴令：即裴楷。

【翻译】

　　荀奉倩与妻子的感情极为深厚，冬天里妻子生病发烧，他便到庭院中冻冷自己，回来用身体贴着妻子。妻子死后，奉倩不多时也死了。为此他受到世间的讥讽。荀奉倩曾经说过："妇人的品德不值得称道，应当以容貌为主。"裴令听到后说："这只是一时兴之所至的事，不是有美德的人应当说的话，希望后人不要让这话弄糊涂了。"

贾充以女妻韩寿

　　韩寿美姿容①，贾充辟以为掾②。 充每聚会，贾女于青琐中看，见寿，说之③，恒怀存想，发于吟咏。 后婢往寿家，具述如此，并言女光丽。 寿闻之心动，遂请婢潜修音问，及期往宿。 寿蹻捷绝人④，逾墙而入，家中莫知。 自是充觉女盛自拂拭，说畅有异于常。 后会诸吏，闻寿有奇香之气，是外国所贡，一著人，则历月不歜。充计武帝唯赐己及陈骞⑤，馀家无此香，疑寿与女通，而垣墙重密，门阁急峻⑥，何由得尔？乃托言有盗，令人修墙。使反⑦，曰："其余无异，唯东北角如有人迹。而墙高，非人所逾。"充乃取女左右婢考问⑧，即以状对。充秘之，以女妻寿。

【注释】

① 韩寿：西晋南阳堵阳(今河南北城东)人，字德真，历任散骑常侍、骠骑将军。② 贾充：西晋平阳襄陵(今山西襄汾东北)人，字公闾，仕魏任大将军司马、廷尉，入晋后任司空、侍中、尚书令。③ 说：同"悦"。下文"说"字同。④ 跷(qiāo)捷：身手轻灵敏捷。⑤ 武帝：指晋武帝司马炎。陈骞(qiān)：西晋临淮东阳(今江苏金湖西)人，历任尚书、侍中、太尉、大司马。⑥ 阁(gé)：正门旁边的小门。⑦ 反：同"返"。⑧ 考：通"拷"。

【翻译】

韩寿容貌很美，贾充征召他来当属官。贾充每次聚会宾客，他女儿都从窗格眼中观看，见到韩寿，很喜爱他，心中常常想念，在吟咏诗歌时流露出来。后来她的使女跑到韩寿家中，详细讲了这些情况，同时说到小姐光艳美丽。韩寿听后动了心，就请使女暗中传递音讯，并约好时间到那里去过夜。韩寿身手轻灵敏捷，超过常人，跳过围墙入内，贾充家中无人知道。从此以后，贾充觉察到女儿十分用心装饰打扮，喜悦欢畅的神情非同以往。后来贾充会见僚属，闻到韩寿身上有一种奇特的香气，这是外国送来的贡品,一沾到人身上,香气几个月都不消退。贾充寻思晋武帝只赐给了自己以及陈骞,其他人家没有这种香料,因而怀疑韩寿同女儿私通,但是家中围墙重叠严密,大门小门把守严紧,从哪里能进来呢? 于是他借口发现盗贼,派人修墙。派去的人回来说:"没有其他异常的情况,只是东北角上好像有人跨过的痕迹。不过墙很高,不是人能跳过来的。"贾充便叫来女儿身边的使女拷打盘问,使女就把情况说了出来。贾充对此严守秘密,把女儿嫁给了韩寿。

三十六、仇　隙

　　特殊的政治地位与经济地位，造成了魏晋士族地主阶级极强的争夺性，不仅争夺皇位、权力，也争夺财物、美女。对权力、财产的强烈占有欲，毒化了魏晋士族内部的人际关系，人与人之间往往充满仇恨与裂痕，要置对方于死地而后快。石崇的被杀，便是其中一件典型事例。他疯狂劫掠来的财物，也一旦而为他人所有。食人者终当为人所食，这往往是统治者难以逃脱的一种悲剧命运。

白首同所归

　　孙秀既恨石崇不与绿珠①，又憾潘岳昔遇之不以礼②。后秀为中书令③，岳省内见之，因唤曰："孙令，忆畴昔周旋不？"秀曰："中心藏之，何日忘之！"④岳于是始知必不免。后收石崇、欧阳坚石⑤，同日收岳。 石先送市⑥，亦不相知。 潘后至，石谓潘曰："安仁，卿亦复尔邪？"潘曰："可谓'白首同所归'。"潘《金谷集》诗云⑦："投分寄石友⑧，白首同所归。"乃成其谶⑨。

【注释】

① 孙秀：西晋琅邪（治所在今山东临沂北）人，字俊忠。以谄媚赵王司马伦得宠，参与谋废贾后，逼惠帝禅位；司马伦僭立后，他任侍中、中书令。绿珠：石崇的爱妾，美丽而善于吹笛。赵王司马伦专权时，孙秀曾指名索取绿珠，后石崇被捕，她坠楼自杀。② 遇之不以礼：潘岳父亲为琅邪太守时，孙秀是他手下的役吏，服侍潘岳，潘岳曾多次踢打孙秀，不把他当人看待。③ 中书令：官名，掌握机要，权位均重。东晋以后，逐渐成为相当于宰相的职守。④ 中心藏之，何日忘之：这是《诗·小雅·隰桑》中的诗句。⑤ 欧阳坚石：西晋渤海（治所在今河北南皮东北）人，名建，字坚石，历任山阳令、尚书郎、冯翊太守。⑥ 市：街市。古代在闹市执行死刑。⑦《金谷集》：参见 P158 注①"《金谷诗序》"注。⑧ 投分(fèn)：志向相合。石友：情谊坚如金石的朋友。⑨ 谶(chèn)：事后将应验的预言。

【翻译】

孙秀既忌恨石崇不肯将绿珠给自己，又不满潘岳往昔对自己没有礼貌。后来孙秀担任中书令，潘岳在官署中见到他，就叫他说："孙令，还记得过去的交往吗？"孙秀说："心中牢牢记着，哪天会忘掉呢！"潘岳由此才知道不能免祸了。后来逮捕了石崇、欧阳坚石,同一天也逮捕了潘岳。石崇先被送到刑场,还不知道潘岳的情况。潘岳随后也押到了,石崇对他说:"安仁,你也这样吗?"潘岳讲:"可说是'白头之后一同归去'。"潘岳的《金谷集》诗中曾经说:"寄语志同道合的朋友,白头之后一同归去。"这竟然成了他的谶语。

编 后 记

2011年我社出版了"古代文史名著选译丛书（134种）"，该丛书是由全国高校古籍整理委员会主持，汇集北京大学、复旦大学等十八所高校古籍所专家学者力量完成的一部高水平、高质量的传统文化普及读物。出版后也得到了读者认可，获得业内好评。

该丛书于2016年入选国家新闻出版广电总局评选的"首届向全国推荐中华优秀传统文化普及图书"名单。为了更好地传播优秀传统文化，我们从中精选了30种文史经典，重新修订、设计，作为珍藏版呈现给读者。

中华优秀传统文化不仅是中华民族的宝贵财富，也是中华民族的精神家园。凤凰出版社谨向为本丛书的编辑出版付出巨大心血的专家学者致以崇高敬意！

丛书顾问：周林　邓广铭　白寿彝

丛书主编：章培恒　安平秋　马樟根

编委（均按姓氏笔画排列）：马樟根　平慧善　安平秋　刘烈茂　许嘉璐　李国祥　金开诚　周勋初　宗福邦　段文桂　董治安　倪其心　黄永年　章培恒　曾枣庄（以上为常务编委）

王达津　吕绍纲　刘仁清　刘乾先　李运益　杨金鼎　曹亦冰　常绍温　裴汝诚（以上为编委）

古代文史名著选译丛书（珍藏版）书目

书名	译注者	审阅者
论语注译	孙钦善	宗福邦
老子注译	张玉春　金国泰	安平秋
庄子选译	马美信	章培恒
孟子选译	刘聿鑫　刘晓东	黄葵
荀子选译	雪克　王云路	董治安　许嘉璐
诗经选译	程俊英　蒋见元	刘仁清
楚辞选译	徐建华　金舒年	金开诚
左传选译	陈世铙	董治安
史记选译	李国祥　李长弓　张三夕	安平秋
汉书选译	张世俊　任巧珍	李国祥
后汉书选译	李国祥　杨昶　彭益林	许嘉璐
三国志选译	刘琳	黄葵
资治通鉴选译	李庆	黄永年
文心雕龙选译	周振甫	黄永年
世说新语选译	柳士镇　钱南秀	周勋初
颜氏家训选译	黄永年	许嘉璐
陶渊明诗文选译	谢先俊　王勋敏	平慧善
李白诗选译	詹锳等	章培恒
杜甫诗选译	倪其心　吴鸥	黄永年
李商隐诗选译	陈永正	倪其心
王维诗选译	邓安生　刘畅　杨永明	倪其心
苏轼诗文词选译	曾枣庄　曾弢	章培恒
李清照诗文词选译	平慧善	马樟根
辛弃疾词选译	杨忠	刘烈茂
王阳明诗文选译	吴格	章培恒
唐才子传选译	张萍　陆三强	黄永年
徐霞客游记选译	周晓薇　马雪芹　焦杰	黄永年　马樟根
阅微草堂笔记选译	黄国声	安平秋
西厢记选译	王立言	董治安
聊斋志异选译	刘烈茂　欧阳世昌	章培恒